Otto W. Bringer

Ich bin nicht, der ich bin

Copyright: © 2017 Otto W. Bringer
Satz: Erik Kinting – www.buchlektorat.net
Titelgestaltung vom Autor

Erschienen bei tredition GmbH, Hamburg
978-3-7439-1359-2 (Paperback)
978-3-7439-1360-8 (Hardcover)
978-3-7439-1361-5 (e-Book)

Bibliografische Information der Deutschen Nationalbibliothek:
Die Deutsche Nationalbibliothek verzeichnet diese
Publikation in der Deutschen Nationalbibliografie;
detaillierte bibliografische Daten sind im Internet
über http://dnb.d-nb.de abrufbar.

*W*er bin ich? Die Frage stellt sich kaum jemand. Normaler Alltag lenkt von sich selbst ab. Haben ist wichtiger als sein. Ich könnte die Frage rasch beantworten, um nicht nachdenken zu müssen: Ich bin, der ich bin. Otto Willi Bringer. Erster Sohn des Karl Otto Bringer und seiner Ehefrau Maria Elisabeth geborene Kuhlenberg. So weit so gut.

Die simple Antwort hat mehr mit mir zu tun, als man annimmt. Alle meine Talente, gute und schlechte Charaktereigenschaften erbte ich von meinen Eltern und deren Vorfahren. Zumindest in Grundansätzen. Physische und emotionale Erbanlagen sind den Genen zu verdanken. Umwelt und soziale Bedingungen von Einfluss. Neueste wissenschaftliche Erkenntnisse belegen, dass sogenannte epigenetische Faktoren wie Lebensweise und Erlebnisse mit daraus folgenden Krankheiten vererbbar sind. Ihr Anteil am Erbgut beträgt 98 Prozent. Der Gene nur 2 Prozent.

Haben wir keine Chance, aus uns selbst zu sein? Ohne Einflüsse von innen und außen? Antonio Damasio, angesehener Gehirnforscher, ermittelte, dem Geist werden laufend Mechanismen eingeimpft. Wir lernen, uns anzupassen einerseits. Andererseits mit so viel Vernunft wie möglich unser Ego zu bewahren und gesund zu bleiben. Gelingt uns das? Ich habe so meine Zweifel. Unser Überlebensinstinkt führt zu Anpassung um jeden Preis. Wie bei allen Lebewesen, Tieren, Pflanzen. Vernunft bleibt leicht auf der Strecke.

Der römische Philosoph Senneca formulierte das Alter Ego. Jenes zweite Ich, das in jedem Menschen lebt. Psychologen heute sagen, jeder spielt eine Doppelrolle. Die Rolle des Menschen, der man ist oder sein möchte. Sie ist fragil und ändert sich, wenn sich Selbsteinschätzung und Außeneinflüsse ändern. Das kann oft der Fall sein. Gesellschaft, Arbeitsplatz und Familie zwingen uns eine mehr oder weniger fremde Rolle auf. Es sind in Praxi verschiedene Rollen, die als fremde wahrgenommen werden, aber rasch zum Selbstverständnis gehören.

Wir wachsen in diese Rollen hinein. Passen uns wechselnden Verhältnissen und Personen an. Haben dabei kein schlechtes Gewissen. Es kann leicht passieren, dass wir unser eigenes Ich dabei aus dem Auge verlieren. Wenn wir überhaupt wissen, was das ist, dieses Ich. Anpassungsdruck und intuitiver Drang sich als Individuum zu behaupten sind gleich groß. Ein ausgeprägtes Selbstbewusstsein kann helfen, diesen Kampf zu gewinnen.

Wer bin ich? Es ist üblich, sich vorzustellen. Quasi die unverfängliche Seite seines Ich zu präsentieren. Anderen so viel Einblick in seine Person zu geben, damit man sich unterhalten kann, gleich ein Thema hat. Intuitiv passt man sich der jeweiligen Situation an: Ich bin Architekt, katholisch, Freidemokrat, Vater von drei erwachsenen Töchtern, Mitglied im Heimatverein, Dozent, Musikfreund. Kein Fußballspieler. Alles Kriterien, die andere problemlos einordnen können. Aber was sagen sie über den Menschen? Wir haben viele Ichs, würden wir alle privaten und beruflichen Tätigkeiten addieren. Eine schillernde Seite des Ich, die vielen genügt.

Wir aber sind mehr. Jeder von uns. Haben außer dem, was man sieht, einen Charakter mit Stärken und Schwächen, Emotionen. Neigungen und Talente registriert aufmerksame Umwelt unmittelbar, ohne dass man sie vorstellen muss. Aber Neigungen und Talente betrachtet man als Privatsache. Unsere geistige und moralische Potenz, die den Menschen als Krone der Schöpfung auszeichnet, bleibt meist unklar.

Wir alle folgen unseren Neigungen, möchten mehr sein als wir sind. Bilden uns und stärken damit unser Selbstbewusstsein. Einer liest Meister Eckhart und gewinnt ein anderes

Bild von Gott und der Welt. Ein anderer geht ins Kloster, den großen Unbekannten meditierend zu erfahren. Konzentrationsübung auf Gott oder das eigene Ich? Ein Dritter spielt im Fußballverein, Gemeinschaft zu erleben, Teamarbeit. Zu siegen eines Tages. Ein vierter fährt in die Welt, neugierig auf alles, was er nicht kennt. Ein anderer wandert in der Natur, Vogelstimmen zu hören, oder die innere Stimme. Alle lernen einen Beruf, studieren auf Teufelkommheraus, um nach oben zu gelangen. Was immer das ist. Position oder Geld, Anerkennung. So folgt jeder inneren Trieben, äußeren Zwängen und Reizen. Sich selbst zu erfahren. Jeder will ernst genommen werden. So wie er ist. Handelt eher unbewusst, um der zu sein, der er sein möchte.

Aber seine charakterliche Disposition entscheidet wesentlich mit. Einer ist großzügig und gönnerhaft. Beliebt bei anderen. Kommt weiter. Ein anderer ist zurückhaltend bis geizig mit Geschenken und Liebesbezeugungen. Verliert Kontakt zu denen, die er braucht. Wird nicht der, der er sein könnte. Fröhliches Wesen und Lachen lebt leichter, steckt an. Schweigsam und in sich gekehrt schreckt ab. Negatives bei sich erkennen heißt, es ändern zu wollen. Nur wenigen gelingt es. Wenn sie ein großes Ziel haben, für das es lohnt, sich anzustrengen und zu kämpfen. Gegen die eigene Natur. Für das stolze Gefühl: Geschafft. Diesmal.

Der angeblich unabhängige Geist will sich behaupten. Bestimmen, wer ich bin. Wohin ich gehöre. Zu denen, die das Universum erforschen, die menschliche Gesellschaft, das eigene Ich. Lesen, diskutieren und hoffen, Erkenntnisse zu gewinnen. Den Vorsitz einer Studiengruppe, seines Kegelvereins. Eines Jahres zu denen gehören, von denen man spricht. Oder einfach nur ein guter Vater sein, eine gute Mutter. Und niemandes Feind. Einen auskömmlichen Arbeitsplatz haben und behalten. Im brutalen Wettbewerb verlieren mehr als man denkt. Wettbewerb herrscht nicht nur beruflich, auch in privaten Beziehungen, um Liebe, Anerkennung und Gewissheit seiner selbst. Erkenntnis: Ich weiß nicht wer ich bin.

Ich bin nicht, der ich sein möchte. Sonst wäre ich weitergekommen. Es hört nicht auf. „Ich bin Dein Mann" sagt einer seiner Frau, um sie wissen zu lassen: ich stehe hinter dir, was immer passiert. Kann aber auch bedeuten: „Ich habe das Sagen". Worte sind vieldeutig. „Ich bin ein geborener Opernsänger" ein anderer zu sich selbst. Wenn man ihm bestätigt, dass seine Stimme schöner klingt als die anderer Tenöre in seinem Gesangverein. Selbstbewusst oder selbstherrlich? Kleiner Unterschied mit großer Bedeutung.

Wer bin ich? Die Frage stellt jeder, den der Zweifel überfällt. Wenn er im konkreten Fall zugeben muss, ich bin nicht so wie ich dachte es zu sein. Oder in direkter Konfrontation mit anderen. Wenn seine Selbsteinschätzung mit der seines Vorgesetzten nicht übereinstimmt. Der ihn nicht da einsetzt, wo er meint, das sei ihm gemäß. Fachlich und charakterlich. Die geliebte Frau sich beschwert, weil er nicht der Liebhaber ist, den sie sich wünscht. Er ist erschüttert. Hält sich für den Besten auf Gottes Erde. Wer hat Recht? Ist er ein fähiger Kopf, ein guter Liebhaber? Oder ist er es nicht?

So und auf viele andere Weise gerät jeder einmal – eher öfter – zwischen die Mahlsteine der eigenen Vorstellung und die anderer über seine Identität. Nicht weniger als über Sein oder Nicht sein. Gleichgültig, welches Urteil zutrifft oder nicht. Schicksale entscheiden sich.

Zur Klarstellung: Die offen geäußerte Meinung über einen anderen ist berechtigt. Wenn sie nicht objektiv falsch ist oder beleidigt. Selbsteinschätzung ist Spielwiese für Wünsche, Überschätzung, Unterschätzung und Selbstkritik. Die menschliche Gesellschaft aber dominiert ein Problem: Wenn einer sich selber anders charakterisiert als die Umwelt ihn. Die Welt ist voller falsch eingeschätzter Individuen. Jeder von ihnen hat Recht, von seiner subjektiven Warte aus. Er selbst und der andere. Das Problem.

Jeder hat die Messlatte zur Definition seiner selbst und anderer Menschen sehr früh mit bekommen. In der Kindheit durch Zureden und Umgangston der Erziehungsberechtigten. Und sogenannten Regeln für richtiges Verhalten. Vorleben ist wirkungsvoller als predigen. Bedingungslos hinter dem Kind stehen schafft Vertrauen. Gleichgültig, was andere denken oder sagen. Streit, Trennung der Eltern hinterlassen beim Kind das Gefühl von Verlassenheit. Bestimmen sein Verhalten, lassen es zweifeln an seinem Nutzen für die Gesellschaft. Machen es unsicher lebenslang oder kriminell im Extremfall. Ebenso prägen häufige oder ständige Abwesenheit von Mutter oder Vater das Kind, Arbeitslosigkeit und Armut.

Forschungen ergaben, dass kleine Kinder bis zu drei Jahren die stärkste Prägung erfahren. In stressgeplagten, sich um die nackte Existenz sorgenden Familien wird mit den Kindern nicht viel gesprochen. Der Hippocampus in ihrem Gehirn entwickelt sich nicht, bleibt klein. Daraus folgen Lernschwierigkeiten und Antriebsschwäche. Voraussetzung für Weiterkommen und ein selbstbewusstes Ego. Angemahnte Bildungschancen für Kinder zu fördern nutzen nichts, wenn das Gehirn unterentwickelt ist.

Ebenso beeinflussen Vermögen und Usancen des Geldausgebens die Entwicklung der Kinder. Tischsitten. Lieblingsgerichte. Kinofilme. Wohnungseinrichtung. Kleidung. Gemeinsam musizieren, basteln, beten oder jeder für sich allein. Alles liefert Maßstäbe für ein ganzes Leben. Tun und Nichttun. Um andere und sich selbst zu beurteilen. Diese oder jene Rolle zu spielen.

Im Kindergarten beginnt der Einfluss der Gesellschaft. Kinder lernen, sich an deren Regeln zu halten. Je älter sie werden, desto stringenter wird der Zwang, diese Regeln zu beachten. Auch wenn wir glauben, frei und unabhängig zu sein, folgen wir ihnen. Sie ignorieren, bedeutet Freunde, Ansehen verlieren, Ehepartner, den Arbeitsplatz. Der Prozess der Anpassung hört nie auf. Wir lernen, aus diesen Gegebenheiten unsere Maßstäbe abzuleiten. Sie zu variieren, so es die Umstände erfordern. Um unser selbst sicher zu sein. Die Menschen unserer Umgebung einzuschätzen. Freund oder Feind? Wir müssen doch wissen, mit wem wir es zu tun haben. „Ich bin ein Pfiffikus. Der mein Freund. Der ein Arschloch, also aufpassen!"

*I*m privaten und beruflichen Leben sind wir umgeben von anderen Individuen mit ihren eigenen Selbstkonzepten. An denen sie sich festhalten, um aufrecht gehen zu können. Trotzig behaupten, andere schätzten sie falsch ein. Jeder spielt die Rolle seines Lebens. Leben ist eine Geschichte, die jeder sich selbst und anderen erzählt. Oder durch Kleidung, Gehabe, Haus, Automarke vermittelt. Nicht selten spielt er die Rolle seines Idols. Einer, der meint, mit sich im Reinen zu sein. Und sich so nach außen präsentiert. Lügen erlaubt. Sie sind Teil unseres Selbstverständnisses. Wer will da urteilen? Lässt sich entschlüsseln, wer wir wirklich sind? Ist es überhaupt notwendig zu wissen?

Meine Antwort: Sich der eigenen Identität bewusst sein, hält uns aufrecht. Macht uns stark. Die Identität anderer zu erkennen und respektieren hilft beim täglichen Umgang miteinander, begünstigt das soziale Verhalten.

Notwendige Voraussetzung für eine funktionierende Partnerschaft, Freundschaft, Ehe.

Wir spüren, die vielen kleinen und größeren Ichs, die uns ausmachen, verbessern Flexibilität und Anpassungsfähigkeit an ständig wechselnde Umstände. Der Gegensatz von wirklich und eingebildet macht unser Leben lebenswert, sportlich gesehen. Wer aber bin ich wirklich? – Wer möchte ich sein? – Wer bilde ich mir ein zu sein? – Als wen gebe ich mich nach außen? – Wer bin ich in den Augen anderer? Sieger oder Versager? Lassen Sie mich erzählen:

Schon als Baby hörte ich meine Mutter Geige spielen. Man erzählte, ich hätte im Takt gestrampelt. Sie starb, als ich sechs war. Ein Jahr später schon übte ich, mit dem Bogen den Saiten Töne zu entlocken. Meine Fingerspitzen nacheinander auf die vier Saiten zu drücken, den Bogen zu streichen, bis ich einigermaßen saubere Töne hörte. An Geigenunterricht dachte mein Vater nicht. Seine Mutter, unsere Großmutter, die den Haushalt managte, schon gar nicht. Das Gekratze störe sie beim Kochen und Backen, meckerte sie. Lasse mir vom Klassenkameraden Karl Lauer Fingergriffe zeigen, um anhörbare Töne zu erzielen. Er hatte schon drei Jahre Unterricht und war offensichtlich begabter als ich. Dann klappte es. Langsam, aber einigermaßen sauber. Der letzte Ton begann sogar ein bisschen zu schwingen, wenn ich, den Finger fest auf die Saite gepresst, das Handgelenk schnell hin und her bewegte. Karl Lauer sagte, Vibrato mache jeden Klang schöner.

Kamen die Tanten uns besuchen, drängte ich mich zu ihnen an den Kaffeetisch, hob meine Geige und fiedelte drauflos. Alle meine Entchen . . . „Er hat das Talent seiner Mutter", sagten ihre Schwestern, die Tanten. Und gaben mir ein Zehnpfennigstück. So oft ich für sie spielte. Ich steckte das Geldstück in eine bunte Blechdose, in deren Deckel ich mit dem Schraubenzieher aus dem Werkzeugkasten meines Papas einen Schlitz geschlagen hatte. Kleiner Bruder Karl stand dabei. Blickte gleichermaßen neidisch und traurig auf das Zehnpfennigstück. Bevor es im Schlitz verschwand und mit einem Klirr auf die anderen Münzen in der Dose schlug. Er war musisch unbegabt. Ich registrierte, eher unbewusst, mit meiner Geige kann ich Geld verdienen. Ich bin ein Geigenspieler. Den kleinen Bruder nahm ich nur beiläufig wahr.

Als ich dann in der dritten Klasse mit Lauer und anderen ein einfaches Quartett von Hummel spielen sollte, blamierte ich mich. Konnte nicht nach Noten spielen. Nur nach Gehör. Ich stieg aus und versteckte den Geigenkasten hinter Mänteln im Kleiderschrank. Später auf dem Schrank hinter Koffern und Hutkartons.

Einmal noch, einen Tag vor meiner Hochzeit im Altenberger Dom nahm ich das Instrument in die Hand. Wieder die Vorstellung, hier könnte ich es. Gott wird mir beistehen. Dem treuen Kirchgänger das Talent der Stunde schenken. Spielte drauflos, Johann Sebastian Bach in Kopf und immer dieselbe Kadenz. Strich über die Saiten G-D-A-E mit solcher Macht, dass der Sang im hohen Gewölbe widerhallte wie der eines Geigenmeisters. Konnte nicht aufhören, mich zu hören. Glücklich. Spielte, spielte. Die gewaltige Resonanz erfüllte mich mit großer Gewissheit, ich kann es. Ich bin ein Geiger. Marga, die Frau von morgen, küsste mich. So einen hatte sie noch nicht.

Später musste ich das Instrument zur Reparatur geben. Der Stützbolzen unter dem Steg war umgefallen. Viel anderes passierte in Jahren. Vergaß die Geige meiner Mutter. Als ich sie wieder erinnerte, gab es den Musikladen nicht mehr. Den Beweis eines Geigenkünstlers bleibe ich schuldig. Bei späteren Besuchen im Altenberger Dom hörte ich noch die hallenden Töne eines, der nicht der war, der er glaubte zu sein.

Meine Liebe zur Musik war groß. Im neuen Haus sollte ein Klavier stehen. Tochter Dorothee spielte mit sieben Jahren den Bach rauf und runter. Ich dachte, das kannst du auch. Übte Noten zu lesen und spielte sie. Keiner klatschte. Klavierspielen war für mich eine die Töne erzeugen. Klavierspielen war für mich eine neue Erfahrung. Stolz, meine Finger auf Tasten tanzen zu lassen, die Töne erzeugen. Ohne dass ich sie suchen musste wie auf der Geige. Jede Taste verlässlich ein bestimmter Ton.

Meine Geläufigkeit wurde besser. Das musikalische Resultat dito. Wenn auch nur bei leichten Stücken. Einfache Etuden klangen passabel, ein Stück aus dem Mikrokosmos von Béla Bartók, eine Sonatine von Josef Haydn.

Wenn ich improvisierte, klang es besser, fühlte ich mich im siebten Himmel. Übermütig oder tief melancholisch. So wie mir gerade war. „Das bist Du", sagte meine Frau. Und sah sehr glücklich aus. Fühlte mich wie Horowitz. Und war es nicht.

Jahrzehnte später kaufte ich mir einen Bösendorfer Flügel. Den, der durch den Tastenzauberer Vladimir Horowitz in mein Gedächtnis geschrieben war. Mit flirrenden Sonaten von Domenico Scarlatti. Dachte, ein Flügel lässt mich besser spielen. Leichtgängigkeit, sauberer Klang helfen. Kein Vergleich mit meinem alten Klavier. Es war eine aufregende Zeit, bis der Flügel kam. Im Geiste spielte ich Scarlatti molto perfetto.

Drei Wochen und sie schoben das Instrument durch die Terrassentür. An die richtige Stelle, zwei Meter neben einem zimmerhohen Brunnen. Er spendete konstant feindosierte Luftfeuchtigkeit. Sodass die Saiten sich nicht verzogen bei warmer und trockener Luft. Anders klangen als sie sollten. Ich bildete mir ein, es zu hören. Obwohl ich kein absolutes Gehör habe. Eher ein behindertes. Mein rechtes Ohr war taub. Stereophonie ein Fremdwort ohne Klang.

Über dreißig Jahre hatte ich mich und alle anderen daran gewöhnt. Familie, Freunde und Kunden saßen links von mir. Für mich klang Beethoven original. Dabei hatte ich keine Ahnung, wie original klingt. Subjektiv hörte ich Beethoven wie Beethoven, keinen anderen. Subjektiv empfand ich sein Lied «Ich liebe Dich so wie Du mich» wie ein Geschenk. Vom völlig Tauben für den Halbtauben. Egal, wie andere es wahrnahmen.

Ich war im Himmel, wenn ich es meiner Frau vorsang. Einer der Götter, denen es möglich ist, im Himmel und auf Erden zu sein. Eingebildet? Vielleicht. Wem schadet es? Wenn ich nur nicht immer wieder der Vorstellung verfiel, ich könnte besser spielen, wenn ich nur wollte. Ernsthaft wollte. Redete mich aus: die Firma lässt mir keine Zeit zu üben. Zuhause ist anderes zu tun. Im Konzertsaal tanzten alle zehn Finger auf meinem Oberschenkel wie auf Tasten. Als könnte ich so lernen zu spielen wie der Pianist auf der Bühne.

Dann eine Operation des tauben Ohrs. Hörte stereophon. Zum ersten Mal. Beethoven klang gewaltiger. Wie in gesunden Ohren, dachte ich. Mein eigenes Spiel erbärmlicher denn je. Dachte, bin doch kein Naturtalent. Aber ich liebte Klavier zu spielen. Wie mein Leben.

Meine Stimme soll ganz gut gewesen sein. Als Sextaner sang ich im Schulchor Alt. Wir konzertierten in Deutschland mit der Matthäuspassion von Johann Sebastian Bach. In der Oper «Carmen» sang ich im Chor der Gassenjungen „Schnell herbei, gestürmt wie´s Wetter", erster Akt. Länger als ein Jahr in jeder Aufführung.

Ich roch Bühnenluft. Schlich mich in die Nähe der Hauptdarsteller, Carmen oder Don José. Ihre Kostüme dufteten nach Lavendel. Die Stimmen von Elisabeth Höngen und Jussi Björling lange in noch gesunden Ohren. War ich stolz.

Schminkte mich nicht ab wie die anderen. Fuhr mit dicker Puderschicht und Farbe im Gesicht und stolz geschwellter Brust per Straßenbahn heim. Jeder sollte sehen, ich bin beim Theater.

Als mein Organ nach dem Stimmbruch ein Bariton wurde, sang ich am laufenden Band. Am liebsten Arien aus Opern, die ich gesehen hatte. Die mit Liebe und Schmerz zu tun hatten. Oder ein Thema, das mir sympathisch war, weil es schauspielerische Fähigkeiten erforderte. Wie die Verleumdung aus dem »Barbier von Sevilla«. Auf dem Fußweg von Schule nachhause ließ ich unter dem Eisenbahntunnel meinen Bariton erklingen. Räusperte mich wie ein Professioneller vor dem ersten Ton: mi-mi-mi-mi. Breitete die Arme aus, zog die Stirne kraus, sang. Der Tunnel verstärkte meine von Natur nicht übermäßig starke Stimme. Hall war immer mein bester Verbündeter. Erinnere Geige im Altenberger Dom.

Erwachsen geworden und verheiratet, meine Kinder noch klein, sangen wir gemeinsam, auf was irgendeine Lust hatte. Unterwegs im Auto: „Auf der Mauer, auf der Lauer, liegt ein kleiner Wanzel." Und andere Kinderlieder. Zuhause sangen die größten Sänger aus dem Lautsprecher. Schallplatten unsere große Leidenschaft. Kauften die Tenöre Josef Traxel, Richard Tauber, Josef Schmidt, Leo Slezak. Den Bariton Giuseppe Taddei. Den Bassisten Boris Christow. Alle auf schwarzen Scheiben für alle Zeiten im Ständer. Nicht lange, Frau und Kinder konnten mitsingen. Gerne hörten die Töchter, wenn ich ein Solo gab. „Sing doch mal die Verleumdungsarie". Kletterte auf den Tisch und sang mit bühnenwirksamer Betonung: „Die Verleumdung, sie ist ein Lü-hüft-chen....kaum vernehmbar in dem Ent-ste-he-hen . . . "

Eines Abends lud uns mein Arbeitgeber in eine Bar. Wir hatten gute Arbeit geleistet. Voll des Bieres, Schnapses kletterte ich gegen Mitternacht auf den Tisch. Schmetterte „Die Verleumdung, sie ist ein Lü-hüft-chen . . ." Brüllender Applaus. Erwischte soeben noch den letzten Bus. Dann verlor sich meine Stimme. Anderes war zu tun, um die Familie über Wasser zu halten. Kein Geld für Konzerte und Schallplatten, keine Lust zu singen. Die Verleumdungsarie verschwand in den Wartestand. Kein Anlass mehr zu beweisen, ich bin ein guter Sänger.

Unwichtig auch, als mich Freund Paul bat, für seinen Männergesangverein ein Werbekonzept zu entwickeln. Neue Sänger sollten gewonnen werden. Ging also zur Probe. Man fragte mich „Welche Stimme?" Stellte mich zu den Baritönern, um in praxi zu erleben, wie das ist, singen im Verein. Die richtigen Argumente zu finden später. Die Lieder schmeckten mir nicht. Immer nur Wald und Heide, Feins Liebchen unterm Holderbusch, langweilig. Riet ihnen zu einem anderen Programm. Damit es attraktiv für jüngere Sänger wird. Pauls Männergesangverein wurde ein Altmännergesangverein. Singen heute noch. Mit weniger als zwanzig brüchig gewordenen Stimmen. Leicht auszurechnen, wann ihnen niemand mehr zuhört.

Auch das Zeichentalent meines Vaters vererbte sich auf mich. Ich zeichnete, malte, formte aus Knetgummi, später Ton Männlein und Osterhasen. Baute aus Karton Häuser, ganze Städte. Zeichnete Portraits mit Rötelstift auf grauen

Karton. Onkel Alex kaufte mir das Bild seines Sohnes Günter ab. Für fünf Mark. Zehn Jahre später im U-Boot auf hoher See bezahlte mein Kapitän sein Portrait mit einem Kamm aus echtem Büffelhorn. Ich konnte doch nicht anders als eine hohe Meinung von mir haben.

Zweifel kamen keine auf. Es gelang mir, was ich erwartete oder mir dringend wünschte. Quasi ohne viel eigenes Zutun. Die Eins in Zeichnen und Kunstgeschichte. Mein Nachkriegsabitur bestand ich, weil mir mein Religionslehrer Cleven aufgab, über den Kirchenbau in der Renaissance zu referieren. Er wusste, dass ich Architekt werden wollte. Mit einer ausgeprägten Neigung, es Palladio, dem berühmten italienischen Baumeister dieser Zeit gleich zu tun.

Beim Düsseldorfer Architekten Robert Gäs Praxis gelernt. Die ersten Semester an der Kunstakademie euphorisch. Von Hans Schwippert, meinem Professor und Präsident des Werkbundes ermuntert. Ich könnte eine Rolle spielen in der Architektur. Er ließ mich nachmittags in seinem Atelier arbeiten gegen Lohn. Schätzte meine praktische Erfahrung. Und meinen Eifer, es ihm nachzutun. Im Dunstkreis seines internationalen Rufes wuchs mein Selbstbewusstsein.

Leise Zweifel an meiner Berufung zum Architekten nach einem Besuch beim Kirchenbaumeister Dominikus Böhm. „Etwas mehr Bringer als Böhm wäre besser" sagte er, schüttelte seinen mächtigen Schädel und lächelte verständnisvoll. Ich hatte ihm meinen Entwurf für ein Ehrenmal in Düsseldorf gezeigt. Ein Halbrund aus gemauerten Ziegeln. Beeindruckt von seinen klassisch mit gebackenen Tonziegeln gebauten Kirchen. Städte und Landschaften bekamen einen Blickpunkt. Bauten im neuen Stil. Sachliche Kuben mit geheimnisvollem Innen. Endlich keine Imitationen mehr vergangener romanischer und gotischer Herrlichkeiten. Das wollte ich auch.

Nach einer kurzen Phase des Nachdenkens gewann ich wieder Selbstvertrauen. Kaufte mir einen Bildband mit Bauten von Frank Lloyd Wright. Um zu lernen, was ich anders machen kann. Ob es hilft, einen echten Bringer zu entwickeln? Gar mich selbst? Optimistisch wie ich bin, sah mich immer noch auf der Leiter zu Ruhm und Erfolg. Mein Ich gänzlich ungespalten. Identisch Wunsch und Wirklichkeit. Die Welt draußen hatte keinen Anlass, es zu bezweifeln. Noch musste ich mich nicht beweisen.

Radikal anders wurde meine Lage, als ich die Akademie im letzten Semester ohne Diplom verließ. Halsüberkopf verliebt in ein schönes Mädchen. Alle meine Gedanken kreisten um Liebe und ihre herrlichen Begleiterscheinungen. Keine Zeit, offen gestanden auch keine Lust, zu Ende zu studieren. Wir heirateten, bekamen drei Kinder. Ein letztes Mal noch als Architekt tätig. Ein einziges Haus gebaut. Kleines Bauernhaus in Düsseldorf-Volmerswerth. Ich gab mir größte Mühe, die Aura von Feldern und Äckern in das Haus zu integrieren. Und umgekehrt. Ich fand, es war gelungen. Die Leute zufrieden. Bekam ein Viertel vom Schwein in Form von Speck, Würsten, einem Schinken. Und Gemüse und Kartoffel frei ein Jahr, Anfängerlohn für einen Unbekannten. In den Nachkriegsjahren mehr wert als dreitausend Mark.

Ging in mich, dachte nach. Hatte ich mich verschätzt? Darf ich mich überhaupt fühlen wie ein Architekt? Wenn doch die halbe Welt meint, ein Diplom muss es beweisen. Diplom habe ich nicht. Wer bin ich denn? Irgendeiner, der etwas vom Bau versteht. Das ist es aber schon. Zweifelte ernsthaft. Bin ich überhaupt einer, der andere interessiert? Mich allenfalls als Bauhilfsarbeiter beschäftigten. Hilfskraft in Architekturbüros. Ein Studierter ohne Abschlussdiplom verdient nicht mehr als ein Ungelernter. Egal, was er auf dem Kasten hat. Menschen sehen nur das, was alle sehen. Oder ihnen in den Kram passt. Nichts von dem, was sie sehen, bin ich selbst. Hängte den Architekten an den Nagel wie einen zu großen Mantel. Habe ich es wirklich getan?

Bis heute interessieren mich Bauten aller Epochen. Wenn ich ihr schön gestaltetes Äußere betrachte. In sie hinein gehe wie in eine andere Zeit. Immer fühle ich mich den Erbauern nah. Wie einer von ihnen, der es genauso könnte. Wenn man mich beauftragte. Hätte ich doch den Abschluss gemacht. Wäre ein Architekt der neuen Generation. Mit neuen Ideen. Auf Reisen spürte ich diesen Wunsch besonders stark. Die Welt ist voll schöner Bauten. Architekt ist ein toller Beruf. Und Baulücken überall.

Jahre später habe ich Gelegenheit, einen herunter gekommenen Bungalow zu kaufen und für uns zu modernisieren. Im Stil eines Bringer, den niemand als Architekten kennt. Schon gar nicht beauftragt. Nur meine Frau lebte gerne mit mir. Sie sagte: „Du bist mein Zuhause."

Auf der Akademie hörte ich in Sonderkursen der freien Künste von theoretischen Prinzipien. Lernte in der freien Natur Bäume richtig zu sehen und zu zeichnen. Kompromisslos gegenständlich. Nächste Stufe Abstraktion. Den Kern einer Sache erkennen. Reduzieren aufs Wesentliche. Alles muss ausbalanciert sein. Die Proportionen stimmen. Ein Oben muss ein Unten haben, Helles ein Dunkles. Dann ran an die Staffelei. Spontaneität hilft, wenn man begabt genug ist. Trau dich, denkt ein anderer. Auch wenn niemand erkennt, was es ist oder gar bedeutet. Kunst ist rätselhaft und offenbar. Wie bei den Menschen. In unseren Anzügen und Kleidern stecken Körper und Charakteristika. Man kann sie sichtbar machen in der Kunst. Paul Klee hat Recht. Kunst zeigt nicht das Sichtbare – sie macht sichtbar.

Die freien Künste bereiteten mir richtigen Spaß. Mehr als die Regel des Goldenen Schnitts in der Architektur. Genies beherrschen ihn ohne ihn zu berechnen. Schwippert-Kollege Dr. Walter Köngeter führte uns vor ein fünfstöckiges Verwaltungsgebäude in Düsseldorf: „Was fällt Euch auf?" Um gleich nachzuschieben: „Ich fühle es beim Aufriss der Fassade. So und nicht anders muss es sein. Gemessen war es exakt der Goldene Schnitt.

Die Zweifler überzeugt. Wenn Ihr´s nicht fühlt, Ihr werdet´s nicht erjagen" schrieb ein anderes Genie. Johann Wolfgang.

So auch bei der Abstraktion eines Baumes. Van Gogh hat es uns vorexerziert. Die Idee seines Stammes nichts anderes als Struktur. Farbgestricheltes. Idee einer Borke, nicht fotografisches Abbild. Mich fesselte nichts mehr als das unbekannte Wesen Kunst. Alles ist möglich. Ein Traum. Vielleicht bin ich ein Künstler?

Kurz entschloss ich mich, aktiv zu werden. Redete dem Onkel meiner Frau zu, mich die Wände seines Kinos ausmalen zu lassen. „Aber dekorativ muss es wirken" sagte er. Bestieg eine Leiter und pinselte im Laufe eines pausenlosen Tages Gruppen nackter Tänzer auf die mehr als zehn Meter lange Wand. Dachte, das hat Schwung, und die Leute kommen in Stimmung. Das Machwerk auf der Seitenwand bezeugte den ersten Bringer öffentlich.

Dann folgten weniger künstlerische Aufgaben. Sie verbesserten nur meine handwerklichen Fertigkeiten. Aber sie brachten Moneten in die Haushaltskasse. Reiseunternehmen wollten ihren Namen auf den Bussen sehen. Einzelhandelsgeschäfte ihr Logo auf der Scheibe. Die Post ihre wechselnden Abfahrtzeiten auf Metalltafeln. Mit wetterfester Farbe. Alles machte ich ohne es gelernt zu haben. Learning by doing. Spritzpistole, Pinsel, Schablone, Goldfolie und Ziegenhaarpinsel mein Handwerkzeug. Auftraggeber waren nichts anderes als Arbeitgeber. Keine Mäzene. Reines Business, um zu überleben. Frau und Kinder mussten satt werden, gesund bleiben und Anständiges zum Anziehen kaufen können. Meine hohen Erwartungen an ein glückliches Leben als Künstler zerplatzt wie ein Luftballon.

Hatte ich doch geglaubt, in der Kunst kann ich mehr als anderswo meinen Neigungen und Vorstellungen folgen. Es blieb privat. Folglich konnte mich kein Kunstkritiker entdecken. Das Feld war nach dem Krieg offen nur für Praktiker. Nicht für Universalgenies. Bin weiter auf der Suche nach mir selbst. Wer bin ich denn eigentlich? Von allem ein bisschen? Fühlte mich unwohl.

Bis ich Jahre später ein grafisches Atelier übernehmen konnte. Die Gestaltung von Plakaten, Katalogen, Anzeigen und Verpackungen unter meiner Ägide. Fragte mich, ist das auch Kunst? Definierte es so ohne zu fragen. Im Mittelpunkt das Produkt, die Dienstleistung. Bild und Text ergänzen sich, ergeben den Sinn. Die Verhältnisse stimmen. Schön sein ist

Pflicht. Das neue Terrain reizte mich. Ließ Neues ausprobieren. Hatte Erfolg. Kunden hielten mich für einen der Besten. Weil sie andere nicht kennenlernen wollten. Alles durch ihre persönliche Brille sahen. Meine Arbeiten verhalfen ihnen zu Markterfolg und Reputation. Die Akademie in Köln holte mich als Dozenten. Ließ neue Visitenkarten drucken und genoss mein neues Ich.

Mein Selbstbild hatte eine neue Facette bekommen. Bin ein Künstler, der profane Objekte in ästhetische und formschöne Kunstgebilde verwandelt. Die erfreulicherweise architektonische Strukturen besitzen und einen Nutzen stiften.

Aber ist das mein wirkliches Ich? Künstler zu sein in einer Welt, die einer Persilpackung mehr Aufmerksamkeit widmet als dem Farbdreieck eines Piet Mondrian? Sind Dyonisos und Apoll meine Protagonisten. Bin ich Macher und Schöngeist? Eine nicht unschöne Vorstellung. Abwarten.

*B*isher erzählte ich von meinen Talenten, wirklichen und eingebildeten. Maßstab für meine Selbsteinschätzung war ich selbst. Und das, was mir im Laufe der Jahre mitgegeben wurde. Von Zwängen sah ich mich nicht bedroht. Einer zu sein, der ich nicht sein wollte. Mein Eigensinn und eine Portion Sturheit bewahrten mich davor, einer zu sein, den andere wollten. Meine Eltern sich wünschten. Ich sollte als Ältester Vorbild sein für die drei jüngeren Geschwister. Kann mich nicht erinnern, besonders brav gewesen zu sein. Eher der Kumpel der kleineren. Hiebe mit dem Rietstock musste mein Hintern aushalten, bis eines Tages der Stock zersplitterte. Folgte dem Tipp eines Klassenkameraden und rieb ihn heimlich mit einer aufgeschnittenen Zwiebel ein.

Schlechte Zensuren verdaute ich rasch. Irgendwann, irgendwann werde ich besser sein. Der Beste vielleicht. Was kommen könnte, war für mich wichtiger als das, was ist. Was war, hatte ich schnell vergessen.

Messdiener wollte ich gerne werden. In roten oder schwarzen Kitteln mit weißen Rochets vor dem Altar hin und hergehen, knien, aufstehen, Kännchen reichen, schellen. In Prozessionen die Fahne schwenken. Wir waren ein besonderer Verein, ein Club der Auserwählten. Meine Eltern sahen es anders. Wir hatten zu dienen. Dem Pfarrer oder Kaplan. Dem lieben Gott letzten Endes. Früher aufstehen als andere.

Kaum freie Zeit. Pünktlich sein und bei allem noch ein andächtiges Gesicht machen. In seiner Jugend musste ein katholischer Mann Messdiener gewesen sein. Erinnere:

In langen Hochämtern machten wir uns einen Spaß daraus, das Weihrauchfass so hoch zu schwenken, dass es sich fast überschlug, dampfte wie eine Lokomotive. In das «Ewige Gebet», 24 Stunden-Andacht, nahmen wir Bücher mit über «Nonni und Manni». Knieten uns auf die Stufen des Altares, mit dem Rücken zur Gemeinde. Und verschlangen die spannenden Geschichten der beiden Jungen auf Island. Mit 18 war ich Pfarrjugendführer. Mehr durch Mitbestimmung als durch persönlichen Ehrgeiz. Aber ich war´s.

Es half alles nichts. Mit Vierzig kehrte ich dem Verein den Rücken. Konnte ganz gut ohne Kirche und Brimborium leben. Habe mich nie zwingen lassen, zu glauben, so oder so zu handeln. Inne zu halten im Advent, weil ein Betbruder vom Christkind säuselte. Rückblickend kommt es mir seltsam vor, dass ich früher gerne glaubte. Einer, dem der Himmel oft gab, um das er betete. Während der Wartezeit bis zum Studienbeginn zündete ich öfter als einmal in St. Bonifacius eine Kerze an. Bitte lieber Gott gib mir den Studienplatz. Bomben hatten fast alle

Akademieräume zerstört, sehr begrenzt der Platz für die Vielzahl der Bewerber. Nach der dreizehnten Kerze der ersehnte Anruf: „Sie sind immatrikuliert". Ich glaubte an Gott, leichten Herzens. Nichts von dem blieb. Oder?

Meine Begabungen halfen mir, aus unangenehmen Situationen angenehme zu machen. Negatives positiv. Eine zerbrochene Allerweltsvase wurde zusammengeklebt ein schönes Stück mit Krakelémuster. Aus einem verschmutzten Haargarn ein Orientteppich. Die hässlichen Teeflecken übermalt mit violetten, braunen, blauen und grünen Arabesken. Sieben Tage Nieselregen überstand ich mit Schirm, Charme und Melone, tolle Krimireihe. Den Hunger nach dem großen Krieg mit penibel gefälschten Brotkarten. Die 6 in Mathe meiner Tochter mit der beiläufigen Bemerkung: „Ich auch." Mit meiner optimistischen Grundhaltung bewältigte ich auch den Tod geliebter Menschen. Ich übermalte meine Trauer, klimperte die Tränen trocken, dichtete, bis ich Worte fand, die Tote wieder lebendig machten. Intensiver mit mir beschäftigt denn je. Und dem, was aus mir heraus wollte.

Bin einer, den nicht wenige Mitmenschen anders einschätzen als ich mich selbst erfahre. Zwei Identitäten gegeneinander gewissermaßen.

Kollegen hielten mich für einen erfolgreichen Unternehmer. Zweimal mussten wir kurzarbeiten, Leute entlassen. Chancen verpasst. Bekannte sahen in mir den treusorgenden Familienvater. In Wahrheit dachte ich mehr an mich als an Frau und Kinder, wenn mich Schaffenslust packte. Freunde zweifelten nicht an meiner Loyalität ihnen gegenüber. Ich gab ihnen den Laufpass, nachdem die vierte, fünfte, sechste Debatte über Kindererziehung keine Einigung brachte. Für meine Frau war ich der treueste Mann der Welt. Sie wusste nicht, dass ich meiner Sekretärin schöne Augen machte. Insgeheim hoffte, sie geht darauf ein. Viel zu oft bin ich nach wie vor nicht der, für den man mich hält. Es muss wohl an mir liegen. Oder?

*E*s denkt jeder. Aber noch lange nicht jeder denkt in Dimensionen. Meist an hier und jetzt. An das, was weiter hilft. Schneller, mit mehr Vorteil. Jenseitiges bleibt ausgeklammert, weil undenkbar. Mich reizte es, weil es andere nicht tun. Hielt mich für einen, dem die Welt der unsichtbaren Dinge, der bisher noch ungeklärten Phänomene einiges bedeutet. Glauben, hoffen, lieben. Fragen stellt, die ich beantworten wollte.

Nachdenken also. Kaufte das neueste Buch über Meister Eckhart von Kurt Flasch. Er charakterisiert den mittelalterlichen Denker als ersten christlichen Philosophen. Nicht Mystiker, wie ihn Theologen und Schwärmer mit Vorliebe bezeichnen. Eine Tür wurde aufgestoßen, Gott anders zu definieren, anders zu erleben. Freunde luden mich in die Forschungsgruppe «Phänomenologie» an der Universität Freiburg. Hoffte zu neuen Erkenntnissen zu kommen. Einer zu werden, der mitdenken und mitreden kann in wichtigen Fragen. Gibt es den Gott, von dem alle reden? Spricht er zu uns? Oder durch die Natur? Ist Glauben eine Sache des Willens? Des Zufalls? Eine Gnade?

Nach drei Seminaren im Kreis führender Gelehrter aus ganz Europa verließ ich die Runde. Meine Frage, was sagt Meister Eckhart uns Heutigen, beantworteten sie mit wortreichen, weitausholenden Begrifflichkeiten. Keine Antwort in meinem Sinne. Konnte es nicht lassen, mich mit einem Dictum Martin Heideggers zu verabschieden: „Die Begriffshuberei der Philosophen verstellt den Blick auf das Leben." Schade. Wäre gerne ein anderer gewesen.

Schreiben war auch noch ein Talent, das sich peu à peu entwickelte. In Schulaufsätzen eher mittelmäßig reizten mich Verse mehr. Rhythmus und Strenge. Die Kunst, Zeilen in Einklang zu bringen mit dem Sinn. Reimen oder nicht, keine Frage für mich. Begann ein Frühlingsgedicht: „Plötzlich lächelt Märzblau dir zu" erste Zeile. Die zweite, die dritte, die vierte schrieb sich wie von selbst. Sieh da, es hatte Rhythmus. Klang so schön, wie gedruckt. Hurra, ich bin ein Dichter. Schrieb zu Geburtstagen, Jubiläen jeweils ein mehr oder weniger langes Gedicht. Schrieb über alles und jedes. Nach der ersten Mondlandung regten mich Wind und Wellen an, den Mond zu besingen.

Nach der Mondlandung
zuerst glättete der Abendwind die Wogen – den Strand
und alle aufgeregten Gemüter – dann erst holte er den
Mond aus den Pinien – und trieb ihn so hoch, dass alle
ihn sehen mussten – ob sie ihn mochten oder nicht – den
romantischen, quarkweißen, schweigenden

Las Kollegen. Goethe. Lasker-Schüler. Hölderlin. Zum guten Ende Rainer Maria Rilke. Meine Gedichte zuletzt waren Versuche, Rainer Maria zu adaptieren. Ähnlich zu klingen. Verstummen zu lassen vor so viel Wunder. Worte mussten neue Wirkungen erzeugen. Einen bis dahin nicht bekannten Sinn ergeben. Einzelne meiner Poems erschienen mir so gut gelungen, so dass ich sie einrahmte. An die Wand meines Zimmers hing. Jedermann zu Gesicht. Ich bin ein Dichter. Geld hat es nicht gebracht. Bisher nur Lob von Leuten, die Geburtstag, Jubiläum hatten. Oder Sinn für Poesie.

Bis die zweite Frau in mein Leben kam. Die erste nahm sich das ihre, als ihr klar wurde, sie kann nicht sein, die sie ist. Ich konnte ihr nicht helfen. Mit meinen ständig wechselnden Selbstverständnissen. Psychologische Kenntnisse keine. Wollte ich auch nie haben. Die obskure Welt des Innenlebens nicht meine Sache. Ich schwor auf die sichtbare Form. Hätte ich damals schon erkannt, dass Innenleben auch im Äußeren sichtbar ist, hätte ich es vielleicht gesehen und sie gerettet. Vielleicht. Sehr vielleicht. Rannte stattdessen wie ein Verrückter durch die Lande. „Ich bin es schuld. Ich, ich." Arbeitete wie ein Roboter. Wie einer, den von jetzt auf gleich alles Vertrauen in eigene Fähigkeiten und glückliche Zufälle verlassen hatten.

*R*ose heißt die neue. Fiel bei mir ein wie frischer Frühlingswind. Schön wie Venus von Sandro Botticelli. Nicht auf den Kopf gefallen. Sagt, was sie denkt. Denkt, was sie sagt. So eine muss wissen, wer sie ist, dachte ich. Nicht wert ist, nein. Was ihr Selbst ist. Mit üblichen Maßstäben nicht zu messen. Auch meine bisherigen Erkundungen und Spekulationen über das Menschsein halfen nicht weiter. Wer ist sie, die schöne Frau? In ihrem Selbstverständnis? In den Augen anderer? Wobei ihr letzteres völlig egal zu sein scheint. Selbstbewusster kannte ich keine Frau bisher. Eine lange Reise begann. Zu ihr. Zu mir an der Seite dieser Frau. Unentwegt den Duft blühender Rosen in der Nase.

*M*ache eine Pause beim Schreiben. Tröpfele heißen Espresso ins Tässchen. Streusele feinen Zucker hinein. Einen winzigen Schluck Sahne. Auf das Tellerchen ein Tartelette von Bonne-Maman mit Himbeermus. Dazu eines der alten Stilgläschen mit verschiedenfarbigen, tulpenförmigen Kelchen. Nehme ein lilafarbenes, fülle es mit Cointreau. Zünde die Kerze an. Denke an Verstorbene. An Marga, meine erste Frau. Dorothee, unser zweites Kind. An meine Mutter Elisabeth geborene Kuhlenberg. Den Vater, an diesen und jenen in meinem Leben. An meine Rose. Es ist der 1. November. Grau draußen. Grau in meinen überanstrengten Gehirnzellen.

Grau stimmt nachdenklich. Wer sie waren, glaubte ich zu wissen. Momentan sind sie abwesend. Doch ein für alle Mal tot. Existieren nur noch als ideale Wesen in meiner Erinnerung. Körperlose, die kein Ego mehr brauchen, um sich zu vergewissern. Werde ich ihnen gerecht? Lassen Sie mich noch einmal zurückblicken. Seit Rose sah ich alles anders. Wurde selbst ein anderer?

Mein Leben mit Rose begann mit einem Furioso. Kaum sah ich sie, war ich verliebt. Wie ein Primaner, über beide Ohren. Nie geglaubt, dass eine Dreiundvierzigjährige einen Vierundfünfzigjährigen auf den Kopf stellen kann. Wir tanzten barfuß auf sommerwarmem Asphalt vor ihrer Kate in Emmericher Eyland. Nahe Kalkar, dem Rhein entgegen. Sangen „All you need is love". Ich schrieb ihr täglich ein Gedicht. In sechs Wochen wurden es zweiundvierzig. Zweiundvierzigmal das Alter Ego gekitzelt und gewonnen. Ich schrieb Gedichte. Gedichte. Nur noch Gedichte. Sie antwortete auf jedes telefonisch. Dann besuchte ich sie. Zwischen unser beider Zuhause 123 km Autobahn. Hin und zurück 246 km. Was sind Entfernungen für einen ausgewachsenen Mann? Ein verliebter Dichter überwindet sie im Flug.

Erste Bewährungsprobe nach fünf Monaten. Können wir es aushalten, zwei Wochen gemeinsam in einem kleinen Hotelzimmer ohne Streit überstehen? Oder gibt es Missverständnisse, Auseinandersetzungen, wenn Rose in Kairo über den El Kallili-Basar bummeln und ich das Nationalmuseum besuchen will? Zwei einander noch Fremde in einem fremden Land, ein Risiko?

Wir konnten mit der Gewinnergruppe eines Kunden nach Ägypten reisen. Gratis. Der Architekt in mir jubelte. Auf ins Land jahrtausendalter Tempel und Pyramiden. Architektur, die ich auf Bildern bewunderte. Ausmalungen der Gräber im Tal der Könige, farblich und rhythmisch Wunderwerke der Raumkunst. Niederschriften einer Jahrtausende alten Geschichte. Wir sind beide aufgeregt und neugierig. Ich auf die sichtbaren Zeugen der Zeit. Architekturen und Bildwerke. Rose auf deren geheimnisvolle Geschichte. Es ging gut.

Quasi Hand in Hand besuchten wir Tempel und Gräber. Betrachteten gemeinsam die aus Steinen des Landes himmelhoch aufgerichteten

Säulen, Göttersymbole und idealisierte Bildnisse von Pharaonen und Königinnen. Stammelten Bewunderung. Umarmten uns unter den gold-schimmernden Flügeln eines Skarabäus, dem Symbol der Schöpferkraft.

Sah ich auf die schlichteste Form reduzierte Steinbildwerke, überfiel mich immer schon übertriebenes Selbstbewusstsein: das kann ich auch. Michelangelos im Rohzustand belassene Gefangene in der Academia del arte e disegno, Florenz. So auch hier. Dachte, das kriege ich hin. Was offensichtlich unkompliziert aussieht, ist sicher auch leicht herzustellen. Nehme mir vor, mit Ton zu beginnen. Bevor ich Stein be-arbeite. Weiß aber, ohne Idee im Kopf passiert nichts. Ägyptens Götterwelt ist nicht meine. Muss es aber auch nicht sein. Nur dieses Ande-re, dieses gewisse Etwas möchte ich in meiner Skulptur sehen. Zuhause, denke ich, wird mir schon etwas einfallen.

Ganz bestimmt sogar, weiß ich. Den For-menreichtum aller Kunst, die ich sah bisher, im Hinterkopf. Im Dia die Goldmaske Tutancha-muns, wichtigste Trophäe unserer Reise in die Vergangenheit. Rose meinte: „Chou schau sie Dir an, wenn Du nicht mehr weiter weißt." Das kluge Kind spürte meine Unsicherheit. Schönes macht mutig. Ihr Lebensmotto wurde meines.

Die zwei Wochen zum ersten Mal gemeinsam unterwegs. Rose sah, was ich nicht sah. Hörte das ferne Näseln arabischer Instrumente. Ich dachte es sind Zikaden. Sie ist wacher als ich, und lieb, ach so lieb. Zum ersten Mal zusammen in einem Bett. Nichts ist passiert. Wir hatten genug damit zu tun, Eigenarten und Stimmungen des anderen zu erkennen und zu respektieren.

Es war wie eine Feuerprobe. In arabischen Ländern immer noch praktizierte Suche nach der Wahrheit. Wir blieben zusammen. Rose zog zu mir ins umgebaute Haus. Ich hatte das Klima ihres Zuhause in Emmericher Eyland in meinem Haus aufleben lassen. Viel Glas lässt hellen Wolkenhimmel herein. Hellsandfarbener Travertinboden erinnert an die Ufer des Rheins. Eine Zweige schwenkende Weide draußen an die auf der kleinen Terrasse hinter ihrer Kate.

So hat es angefangen. Ab da war Rose meine Anregerin. Kluge Partnerin in allen Dingen, die mich betrafen. Privatim und in Geschäften. Ich fühlte mich wie neugeboren. Nun müsste ich doch auch langsam ein anderer Mensch werden. Oder bin ich es schon?

Zu meiner Freude lebten lange nicht genutzte Talente wieder auf. Malte Aquarelle in unseren Ferien auf Mallorca. Baute im Haus die

Wand zwischen Wohnraum und Bibliothek mit Fachwerk um. Pinselte eine kubistische Figur auf die Fassade. Setzte rote Schnäbel auf abgesägte Stämme eines abgestorbenen Fliederbaumes. Seltsame Vögel hatten sich niedergelassen. Eine Libelle mit Flügeln aus Fliegengittern zitterte im Wind. Ein Gartengott aus vier aufeinander gesetzten Kanalrohren mit Glupschaugen aus wetterfestem Moltofill behauptete sich schräg gegenüber der Haustür. Unübersehbar. Nachbarn wunderten sich. Freunde lobten. Ich bin ein Künstler. Ja, ein richtiger Künstler.

Auch Rose lief zur Höchstform auf. Deckte jeden Tisch mit Blumen. Kochte viergängige Menues, die Gourmets entzückten, sogar einen veritablen Sternekoch. Wirbelte in Diskussionen meine Gedanken durcheinander. So lange, bis alles klar war. So steigerten wir uns gegenseitig ohne uns Konkurrenz zu machen. Kreativität durchpulste unser Haus. Möbelte uns auf an tristen Tagen. Machte Freunde und Gäste glücklich. Sind wir Glücklichmacher?

Auf einer Geschäftsreise nach Südbaden besuchte ich mit meinem Kunden Sternekoch Paul Haeberlin in Illhaeusern, Elsass. Hier sah ich eine Chance. Notierte die Rezeptur nach Geschmack und beschloss, das tolle Gericht nachzukochen. Köchelte einen ganzen Zander in Riesling und Sahne. Viel Zwiebeln und Petersilie darüber gestreut. Als der unverwechselbare Duft aus der Backröhre in meine Nase stieg, war ich sicher: Ich kann kochen. Konzentrierte mich ab da auf Fisch. Ließ Rose das machen, was sie besser konnte. Bin ich ein guter Teamarbeiter?

Es spielte sich ein und hielt ein Leben. Jeder akzeptierte den anderen. Ermunterte, kritisierte, tröstete, jubelte, streichelte. Alle meine früheren Talente freuten sich. Plötzlich war ich ein Mann mit vielen Identitäten. Liebhaber. Innenarchitekt. Bildermacher. Koch. Ein Dichter. Las vor Publikum, im Westdeutschen Rundfunk. Ließ drei Gedichtbändchen drucken, mit Liebesgedichten, Reiseeindrücken und Gedanken an Leben und Tod. Auf Dichtertreffen gewann ich Preise.

Auf meinen Bösendorfer spielte ich alle achtundachtzig Tasten rauf und runter. Leichte Passagen leichter Sonaten in C-dur oder F-dur. Meine Lieblinge Mozart, Bach, Bartok, Beethoven und Chatschaturjan. In Teilen schon auswendig. Bin ein Musikus. Wenn auch kein guter. Rose hat mich verändert. Jedes Jahr um ein weiteres Prozent. Bin ich auf dem Wege ein anderer zu werden? 100 % eines Tages? Eins mit mir? Glücklich? Einer, der es bleibt, wenn meine Rose eines Tages welkt, ihre Blütenblätter blättern, wie ich es von Rosen kenne. Nach einem kurzen Sommer? Nur nicht daran denken.

Noch lebte sie. Und wie. Animierte mich auf allen meinen Gebieten. Selbstlos wie es schien. Jagte mich zu Höhepunkten, die für mich bisher unerreichbar schienen. Wir wuchsen zusammen. Nichts und niemand konnten uns trennen. Alles Schöne sahen wir in derselben Sekunde. Alle Schwierigkeiten meisterten wir gemeinsam. Sogar unsere Gedanken waren parallel geschaltet. Oft sprachen wir dasselbe aus im gleichen Moment. Abendessen und Diskussionen mit Freunden endeten in der Nacht. „Die müssen sich sehr lieben" sagten die uns erlebten. Es war, als hätte uns Gott ein irdisches Paradies geschenkt. Da kann doch niemand kühl bleiben. Derselbe bleiben, der er war.

*B*isher erzählte ich nur von den Eigenschaften meines Ich, die man sieht, hört, schmeckt. im Alltag flüchtig registriert. Frage mich kritisch, sind nicht die unauffälligen, versteckten, ersehnten Eigenschaften wichtiger, die den Menschen zum Menschen machen. Zum sozialen Wesen, das sich stets fragt, bin ich wirklich ein guter Ehemann? Ein guter Vater? Ein guter Christ? Ein guter Vorgesetzter? Nachbar, Spielkamerad? Freund? Einer, der Sterbenden beisteht?

Wie habe ich reagiert beim Suizid meiner ersten Frau Marga? Gewiss tat ich, was ich tun musste, als es geschehen war. Wochen vorher signalisierten, sie wollte nicht mehr leben. Teilnahmslos. Wehrte mich ab, wenn ich sie küssen wollte. Wir schliefen getrennt. Alice Schwarzers kleiner Unterschied hatte sie verwirrt. An sich zweifeln lassen, bis sie nicht mehr weiter wusste, sich selbst aufgab. Nach einer Flasche Kognak in ihrem 2CV, den Schlauch zwischen Auspuff und ihren Lippen.

Sie eine schwache Frau? Mag sein. Ich ein schwacher Mann. Fühlte nur meine eigene Hilflosigkeit. Nicht die der Frau, der ich vor dem Altar geschworen hatte, ihr beizustehen in jeder Not und Gefahr. Denke jetzt, mein Ego wollte nicht gestört werden. Nicht abgelenkt von selbstbestimmtem Handeln. Schreiben, Malen, Musizieren, den geschäftlichen Erfolg genießen. Alles war wichtiger als Marga.

Nach ihrem Tod flüchtete ich mich in Ablenkung und Ausreden. Um mir nicht selbst Rede und Antwort stehen zu müssen. Freunde, Nachbarn und Kollegen registrierten den Tod meiner Frau erschrocken und sprachen mir ihr Beileid aus. Mitgefühl und Trauer in Augen und Handschlag. Ohne genau zu wissen, was geschah. Für sie war ich ein bedauernswerter Hinterbliebener. Mann, der keine Frau mehr hat. Mein Selbstgefühl bekam einen Riss. Versagt zu haben in wichtigen Momenten lässt niemanden stolz sein. Ich war ein schlechter Ehemann. Oder bin ich einfach nur so wie ich bin? Gestrickt aus Genen, Emotionen und Vergangenheit?

Zwölf Jahre später starb unsere Tochter Dorothee. In Afrika an Malaria. Meine finanzielle Hilfe, sie ins Tropeninstitut nach Berlin zu fliegen, vergeblich. Sie starb und blieb in Afrikas schwarzer Erde. Da wir uns hier zuletzt nur selten besuchten, ihr Leben ein völlig anderes war als wir es kannten und liebten, entfremdeten wir uns. Vatergefühle schwächelten. Es gab wenig Gelegenheit, sie aufzufrischen. Jetzt nach ihrem Tod spüre ich den Verlust. Aber nur kurze Zeit. War wie immer mehr mit mir beschäftigt als mit Menschen und Schicksalen meiner Umgebung. Selbst eigen Fleisch und Blut konnte es nicht ändern. Musste mein Ego befriedigen.

Nahm stoisch in Kauf alles, was folgte. Auch die Frage nach dem Warum. Sind es wirklich die Gene, die mein Selbst ausmachen? Oder hat nicht Vernunft die verdammte Pflicht und Schuldigkeit, Alarm zu schlagen, wenn´s brenzlig wird? Was wäre, wenn ich meine Emotionen steuern könnte? Egoismus in Nächstenliebe verwandeln? Ich weiß, wer ich sein sollte, aber ich bin´s nicht. Kein guter Vater. Hätte mich kümmern müssen.

Rose, meine zweite Frau, im Sterben. Vier Monate Kampf gegen eine schrumpfende Lunge. Viermal unter dem Messer. Drei Darmverschlüsse, ein Gehirntumor. Vier lange Narkosen. Das Todesurteil für die kranke Lunge. Bevor sich die OP-Tür wieder hinter ihr schloss, rief sie mir noch zu: „Wir schaffen das schon." Ich nickte, einen Funken Hoffnung im Hirn. Die Liebste wird es überstehen. Gott kann nicht zulassen, dass sie stirbt. Unser Leben wird weitergehen wie bisher. Fuhr nachhause, die Bettwäsche in die Reinigung zu bringen. Aufzuräumen. Setzte mich aufs neue Sofa und dachte an gestern Abend. Sie saß neben mir und griff immer wieder an den Unterleib, stöhnte unhörbar. Bis es schlimmer wurde und ich den Notarzt rief. Es wird schon werden, sagte ich mir. Immer wieder. Bis ich es selbst nicht mehr glaubte.

Ein dunkles Gefühl beschlich mich. Nicht lange mehr und ich bin allein. Dann wieder rief ich mich zur Ordnung: Nicht den Kopf hängen lassen, Otto. Rose braucht dich. Deine Mitarbeiter brauchen dich. Alle brauchen dich und ich muss gut sein, in bester Verfassung. Wir schaffen das schon. Das Alltägliche lenkte ab. Die Gedanken aber waren neue. Andere als in den Jahrzehnten vorher. Hatte sich mein Selbst jetzt endlich aufgerappelt, um zu sein, was es sein könnte? Jeder Gedanke an Rose macht mich nackt. So nackt, wie ich mich nie gesehen hatte. Bin ich oder bin ich nicht?

Denke ich zurück, überfällt mich Glück gemischt mit großer Traurigkeit. Wird mir klar, Rose ließ mich machen, was ich wollte. Sein, der ich sein wollte. Werden, der ich werden wollte. Bildete mir ein, sie denkt wie ich, sie liebt mich ja. Schien nicht zu bemerken, dass sie für mich bei kreativen Prozessen außen vor war. Wahrscheinlich aber war ihr bewusst, Motor und Stimulanz meiner Arbeit zu sein. Ich war in meinen Dingen tumb ihr gegenüber. Besetzt von meinem Ich. Malte, schrieb, bastelte, spielte Klavier, entwickelte Marketing-Konzepte und Vorträge über Kunst. Alles drehte sich um mich, mein Denken und Tun. Angetrieben vom Urtrieb, das Ego zu befriedigen. Ich könnte es auf die Gene schieben. Aber so leicht mache ich es mir jetzt nicht mehr. Denke nur noch an Rose.

Hätte ich doch bei allem mehr an meine Frau gedacht. Aus nebenbei gefallenen Bemerkungen den richtigen Schluss gezogen. Roses nicht geäußerte Wünsche geahnt und erfüllt. Mit ihr an den Rhein fahren zum Beispiel statt zuhause arbeiten. Oder ihre Hand halten und einfach mal nichts sagen. Ihre Lieblings-CD aufzulegen statt meiner. Wie oft erfüllte ich meine Wünsche und nahm wie selbstverständlich an, es seien auch ihre. All mein Denken kreiste um meine Befindlichkeit. Das, was mich antrieb und Befriedigung versprach.

Gut, ich umarmte Rose oft. Küsste sie. Streichelte sie. Nahm ihr schwere Arbeit ab. Brachte sie mit dem Wagen bis vor die Haustür, als ihr das Atmen schwerer fiel. An die Bank auf dem Tuniberg. Sagte ihr liebe Worte. Kochte ihr Lieblingsgericht. Wir liebten uns seltener, ich war ihr zu stürmisch, Atemnot ließ nicht nach. An jedem ihrer letzten beiden Geburtstage schrieb ich ihr ein Gedicht zum sorgfältig ausgewählten Geschenk. Ein kurzes Aufblitzen in ihren Bernsteinaugen zuletzt musste Danke genug sein.

Wir fuhren Samstagabend öfter zu «Lignano» Fisch essen. Es war ihr Lieblingslokal. Ich redete mir ein, ihr einen persönlichen Gefallen zu tun. Aus Liebe natürlich. Frage mich heute: wäre ich genauso gerne hingefahren, wenn es nicht auch mein Lieblingslokal gewesen wäre? Die uns am Tisch miteinander reden sahen, sagten: „die lieben sich sehr. Er ist bestimmt ein guter Ehemann". Versetzte mich jetzt in Rose. Hielt sie mich für einen guten? Ich war bestimmt kein guter Ehemann.

Ganz sicher liebte sie mich sehr. In den achtundzwanzig Jahren unseres Zusammenseins gab es so gut wie keinen ernsthaften Streit. Unsere Grundinteressen waren die gleichen. Tolerierten Andersartigkeiten, ohne sie je ändern zu wollen. Rose, die Frau und ich, ihr Mann, blieben Individuen (Unteilbar), die sie waren. Jeder mit seinem Ich. Ein frühes Gedicht sagt alles:

wir sind um das Schloss gegangen – am Mittag zur Sonne um Zwei – wir haben uns innig umfangen – nichts anderes als uns umfangen – und waren gefesselt und frei

Heute werfe ich mir vor, Rose allein gelassen zu haben in ihrer Ausweglosigkeit. Mir keine Mühe machte, ihren Gefühlen nachzuspüren, zu ahnen, was in ihr vorging. Welche Angst sie plagte, als die Krankheit immer schlimmer wurde. War ihre Selbstsicherheit nur gespielt? Um mich zu entlasten. Meinen Optimismus nicht zu bremsen. Mitleid könnt mich außer Stand setzen, Gedichte zu schreiben, Bilder im Computer zu malen. Mein Gott, Warum blieb ich nicht die Nacht an ihrem Krankenbett sitzen? Ihr zuzuhören. Auch wenn ihre Not keine Worte fand. Oder finden wollte. Nicht antwortete „Ich liebe Dich auch", als sie mit letztem Atem hauchte „Ich liebe Dich", und starb. Ich bin kein guter Ehemann. Aber ich liebe sie. Jetzt noch viel, viel mehr als ich sie je liebte.

Ihren Sarg ließ ich mit einem Brautschleier schmücken und hundertfünfzig rosa Rosen regnen. Die Sonne schien hell vom blauen Himmel. Meisen und Amseln sangen. Die Blütenknospen öffneten sich an hundert Kirschbäumen entlang der Alleen und blühen. Am offenen Grab der Baum mit weißen Blüten. Einzelne Blättchen fallen herunter weiß auf weiß auf weiß wie ein Schleier. Ihre einjährige Großnichte Monika krähte aus vollem Halse.

Dachte, ich bin plötzlich ein anderer. Einer, der sich jetzt vornimmt, ernsthaft nachzudenken. Über Liebe, die nie stirbt. Über mich selbst und meine unbekannten Seiten. Beschloss, alles aufzuschreiben, was mich bewegt, durch meinen

Kopf geht. Kann doch sein, ich bin ein Schriftsteller und es gelingt mir, mich selbst zu entdecken. Einen, der lernt und lernt und lernt, dass Menschsein mehr ist als eine Kunst zu beherrschen. Sei sie noch so publikumswirksam.

*I*n meinem ersten Buch „Rose lebt" schreie ich meinen Schmerz hinaus. Erinnere die schönen Dinge unseres gemeinsamen Lebens. Heule wie ein Schlosshund, sehe ich ihren Bademantel, den Parfümflakon, die blauweißen Topflappen. Alles erinnert. Alles. Weine und schreibe gleichzeitig. Insgesamt 1128 DIN A4 Seiten. Zog die Quintessenz daraus für das Buch mit 230 Seiten.

Gearbeitet Tag und Nacht erlebte ich mich neu. Erleichtert gewissermaßen. Ich hatte mich arrangiert mit dem Zustand, allein zu sein. Bin ich ein anderer geworden als ich war? Einer, der zum dritten Mal einen Verlust verbuchen musste? Bis er merkte, es geht ihn an. Ihn und keinen anderen. Bin ich jetzt Mensch, der an Substanz verlor oder Substanz gewann? Näher dem Ideal.

Denke, sensibler schon. Nachdenklicher. Vermied bewusst, mich abzulenken. Wollte mich der neuen Realität stellen, Aug in Aug. Wie bei Roses letzter Operation. War bei ihr, sah zu, als man ihren offenen Leib mit groben Stichen wieder zunähte. Als lohnte Sorgfalt nicht mehr.

Ließ die Kamera in der Schublade meines Schreibtisches. Malte keine Bilder mehr im PC wie bisher, für Ausstellungen in Haus und Stadt. Pensioniert forderte mich kein Fachthema mehr heraus. Ich schrieb und schrieb und spielte nur noch auf dem Klavier. Melancholisches Zeugs. Und dynamische Fortissimi. Solche, die beide Frauen gerne hörten. „Das bist Du", sagten sie. Bin ich jetzt ein Trauerkloß? In meinem Unterbewusstsein grummelte schon Widerstand. Gestehe mir ein, Lebensfreude ist meine Grundbefindlichkeit.

In den folgenden drei Reisebüchern tobte ich mich aus. Erzählte begeistert und sehr detailliert von Erlebnissen mit Rose auf Mallorca, in Italien und Frankreich. Unsere große Liebe spielte überall die Hauptrolle. Genoss jedes Ereignis in den Büchern. Jeden Tag bewusst wie ein großes Glück. Rose hat mich gewandelt.

Bin einer, der liebt. Liebt wie noch nie. Die Frau meines Lebens präsent in tausend Bildern.

In jedem Wort, das ich mit eifrigen Fingern in die Tasten tippe. Kann ein solcher egoistisch sein? Nur an sich denken? Sah das Sonnenkind und meine Augen konnten sich nicht abwenden. Die schlanke Gestalt. Ihre königliche Haltung. Der rotblonde Haarschopf zur Krone gebunden. Lachender Mund. Meine Königin. In jedem dieser Augenblicke hätte ich vor ihr auf die Knie fallen mögen. Liegen bleiben bis in alle Ewigkeit. Während sich die Götter Italiens und ihre Lieblinge, Bildhauer, Komponisten, Maler und Villenbauer bemühten, meine Aufmerksamkeit auf sich zu lenken. Sah sie durch Rose wie durch ein Kaleidoskop. In hundert Facetten. Sah alles mit ihren Augen und lauschte ihren Kommentaren wie einer Melodie.

Mir war, als gäbe es mich nicht mehr. Doch war ich nach wie vor. Rose wirkte auf mich wie ein Verstärker, wenn wir Landschaften, Städte und ihre Schönheiten betrachteten. Verstärkte sie nicht auch mein Ego? Das Alter Ego? Die Frage bleibt unbeantwortet. Vorerst. Vermute, Rose kannte mich besser als ich mich selbst. Und ließ mich sein, der ich war. Nahm meinen Egoismus in Kauf, weil sie mich liebte. Und spürte, ich liebte sie auch. Auf meine Weise.

Jedes dieser drei Bücher endet mit dem Tod Roses. Das erste Buch über Mallorca schicksal-

haft, verzweifelt hoffend, Rose werde wieder-
auferstehen. Wie die Sonne am Morgen. Unsere
«isla d´amor», Liebesinsel, bleibt meine Liebesinsel. Flog hin, alles wieder zu erleben. Ein
zweites, ein drittes Mal. Entweder bringt es
mich um oder es macht mich stark. Vollendete
das zweite Buch meines Lebens. Glücklich, es
geschafft zu haben. Muchas gracias, mi cariñosa
Rosa.

Italien, mein drittes Buch, fand mich gefass-
ter. In Freiburg entdeckte ich eine Trattoria.
Besuche sie immer noch, jeden Samstag, um
schöne Zeiten zu erinnern. Mit meiner Rose.
Die singende Sprache hören, Spaghetti alle
Vongole schmeckleckern. Profiterole mit dem
Löffel auf die Zunge legen. Und die köstliche
Einmaligkeit schlucken wie eine Zauberkugel
gegen traurige Gedanken.

Im letzten Buch über Frankreich erinnert
eine blassblaue Hortensie aus der Bretagne auf
dem Bücherbrett an Roses Lieblingsblume. Hatte ich mich peu à peu arrangiert? Habe ich den
Tod bezwungen? Überlistet mit dem uralten
Trick der Märchenerzähler: und wenn sie nicht
gestorben sind, dann leben sie noch heute? Habe das Gefühl, mit sechsundachtzig bleibt mir
noch etwas Zeit. Zu erzählen, zu schreiben, wer
ich bin. Und wer ich zu sein habe.

*I*m fünften Buch will ich es wissen: „Zuhause – wo?". Wenn der Mensch zuhause ist, ist er der, der er ist. Denkt man. Da, wo alle Zwänge abfallen, Wohlgefühl sich ausbreitet, kann man seine Lieblingsrolle spielen. Eine, mit der man sich identifiziert und in gute Stimmung versetzt. Familie und Freundeskreis profitieren davon.

Es muss aber nicht sein. Funktioniert nur dann, wenn diese Lieblingsrolle dem Ich eines Menschen entspricht. Also das widerspiegelt, was ihn im Kern ausmacht. Positives, Negatives. Bin ich ehrlich und verlässlich? Oder hänge ich mein Fähnchen nach dem Wind? Aufgeschlossen für Neues oder starrköpfig? Liebevoll zu Frau und Kindern oder launig? Selbstsicher, weil respektiert als guter Kollege von Vorgesetzten und Mitarbeitern? Oder missachtet wegen meiner Eigenbrötelei? Gebildet, um an Gesprächen und Diskussionen teilzunehmen oder meckernder Außenseiter? Begabt, anderen eine Freude zu machen. Vielleicht sogar gut Klavier zu spielen, beim Skatspiel fair zu gewinnen. Nichts von allem? Oder von allem etwas? Positive Eigenschaften begünstigen das Sozialverhalten anderer. Wirken positiv zurück auf uns selbst. Stärken unser Selbstbewusstsein, das eigene Ich.

Negative Eigenschaften machen uns zu schaffen. Weil wir nicht die Kraft haben, sie zu ändern. Bleibt uns nur, sie mit anderen, positiven Eigenschaften zu kompensieren. So gut es geht.

Ist einer oder eine nicht überzeugt, er selbst zu sein, schlüpft er oder sie in eine andere Rolle. Eine Rolle, die die Gesellschaft erwartet. Aber jede nur vorgetäuschte Rolle gelingt nicht auf Dauer. Jeder spürt, hier macht einer sich selbst und uns etwas vor. Die leichten Fälle eingebildeter Personallity vergessen wir hier. Sie werden belächelt und in Kauf genommen. Andere Betroffene werden krank. Je nach psychischer Verfassung fallen sie früher oder später in depressive Zustände. Ihre Selbstsicherheit ist erschüttert. Sagen sich selber immer wieder: Ich bin ein Versager. Man muss ihnen helfen. Vorausgesetzt, sie lassen sich helfen. Starrköpfe glauben ihr Leben lang, dass sie in Ordnung sind, so wie sie sind. Oder das Mitleid der ganzen Welt verdienen. Zuhause fühlen sie sich überall und nirgends.

Wir reisten oft und weit, Neuland zu entdecken. Schönheiten südlicher Länder, in denen wir unausgesprochen hofften, etwas zu finden, das uns tiefer berührt als alles bisher. Das ein

Teil von uns selbst sein oder werden könnte. In Italien, Spanien und Frankreich. Im Innern berühmter Kirchen und Schlösser. Der Geschichte ihrer Entstehung. Ihrer Erbauer. Im Charakter von Menschen anderer Sprache, anderer Religion. Bei einem Essen mit Einheimischen. Hin und wieder geschah es. Unbekanntes in uns öffnete sich, war vertraut im selben Augenblick. Als wären wir verwandelt. Ich ein aufgeschlossener Mensch. Entgegenkommend, freundlich zu jedermann. Einer, der einem Behinderten über die Straße half. Dem Bettler auch zum dritten Mal mehr als ein 10 Centstück in den Hut warf. Einer, der sich selbst knurrend an die Kandarre nahm und auf Sex verzichtete, wenn Rose sagte: „heute bitte nicht". Zuhause später alles nur noch dann und wann. Wenn ich guter Stimmung war oder einen Vorteil davon hatte.

In der Regel wissen oder spüren wir, wenn wir nicht der sind, der wir sein sollten. Nehmen uns vor, ein anderer, besserer Mensch zu werden. Leicht in Zeiten, die uns entspannt finden. Und bereit zu allem. Weihnachten, während der Ferien, an runden Geburtstagen. Nicht mehr schimpfen, nörgeln, hilfsbereit, dankbar sein. In angenehmer Stimmung, anregender Umgebung, menschlichen Begegnungen. Wer kann blauen Kinderaugen den Wunsch abschlagen „Papa Du bleibst doch bei uns"? Trotzdem fallen wir immer wieder zurück in das, was wir entschuldigend unser Selbst nennen. Ich bin nun einmal so wie ich bin. Punktum. Ihr anderen musst euch damit abfinden.

Sind wir rettungslos unseren Genen ausgeliefert? Dem Egoismus? Einer Tageslaune? Sind wir nur gelegentlich der, der wir sind? Sein möchten nach längerem Bemühen? Ein guter Mensch nur unter bestimmten Umständen? Zu bestimmten Zeiten? Wenn wir guter Stimmung sind? Uns zuhause fühlen. Am liebsten da, wo unsere Unzulänglichkeiten von anderen als normal hingenommen werden wie ein tropfender Wasserhahn?

*W*ir reisten fast nur im eigenen Wagen. Auch übers Meer nach Mallorca. Unterwegs sein unser Ziel. Blieben, wo es uns gefiel. Menschen und Häuser uns entgegenkamen. Türen sich öffneten und Herzen. Wir lernten, wie wir kommen, so werden wir empfangen. Mensch kommt zu Mensch. Sprache von alleine. Mit etwas gutem Willen und ein bisschen Talent.

Sprachen sprechen ist ein Teil unseres Selbstverständnisses. Leicht fiel es uns, französisch zu parlieren. Im Gymnasium Regeln und Wörter gelernt. In Kursen das, was man auf der Straße und in Treppenhäusern spricht. Vergesse nicht den zornig ausgestoßenen Vorwurf eines Mieters an seine Concierge, Hausmeisterin: „Vous-etes ma bête noire." Sie sind mein Schreckgespenst. Sie meckerte von morgens bis abends.

Beim Winzer Coully-Doutheil in Chinon an der Loire unterhielten wir uns über Sorten, Lagen und Jahrgänge. Im bauchigen Glas funkelte ein Gamay Cabernet franc. Unsere Stimmung an der Grenze des Erlaubten für Deutsche, die sich nicht Französisch verabschieden wollten. Fühlten uns wie Franzosen. Und waren es nicht. Wie wir uns bedauerlicherweise eingestehen mussten. Bis Freund Zufall mitspielte.

Wir suchten im Guide Michelin ein Hotel in Carcassonne. Unter dem Namen der Stadt eine klitzekleine Straßenkarte. Mit Mühe entzifferten wir die Namen. Da, nicht zu glauben, eine Straße, die Jean Bringer heißt. Ein Bringer unseres Namens in Frankreich? Es muss ein wichtiger Bringer sein, wenn man eine Straße nach ihm benennt. Es ist Wochenende und die Mairie geschlossen. Wie alle Bürgermeisterämter an

Wochenenden. Rätselten, träumten schon von Helden und anderen Berühmtheiten. Schauten zum xten Mal auf das blauweiße Straßenschild. „Empasse", was heißt das?" Im Wörterbuch steht Sackgasse. Bringer in der Sackgasse, räsonierte ich. Werde es klären, Montag früh. Bin nicht mehr begeistert, eher enttäuscht. Schade, verdammt schade.

Sah mich schon als Nachfahren eines der Großen dieser Welt. Trost holten wir uns im Restaurant »L´ Ecu d´ Or«, nachdem wir in der Cité zwei Mauerringe und zweiundfünfzig Türme gezählt hatten, müde und hungrig waren.

Der Garcon, ein junger Mann von vielleicht zweiundzwanzig Jahren, kannte Jean Bringer nicht. Ich bemühte mich, den Namen Französisch auszusprechen. Er lächelte nur freundlich und reichte uns die Speisekarte. Wir genossen es, französisch zu speisen. Amuse-gueule plus drei Gänge. Französisches Ambiente rundum zu atmen. Elfenbeinfarbene Decken auf allen Tischen. Vase mit einer Rose. Silberschimmerndes Besteck. Stoffservietten. Keine Musik, nur murmelnde Stille und dezentes Tellerklappern. Der krossig gegrillte Karpaun schmeckte vorzüglich auch ohne Bordeaux blanc.

Sonntag war ein langer Sonntag. Die Mairie immer noch geschlossen. Wir frühstückten spät.

Besichtigten ein Museum. Die Basilika St. Nazaire. Hörten ein Orgelkonzert. Spazierten über die Wälle im späten Nachmittagslicht. Und fühlten uns wie König Francois und Königin Claude. Endlich Montagmorgen. Saßen ungewohnt früh schon um 10:00 Uhr am Frühstückstisch. Tranken unseren Tee, aßen rasch ein Croissant mit Erdbeermarmelade, zahlten und nahmen unsere Taschen. Die Mairie offen. Der Bürgermeister bereit, mit uns zu sprechen. Man hatte ihm einen Bränjjee angekündigt. Packte mein bestes Französisch auf die Zunge: „Bonjour Monsieur le maire, qui était Jean Bringer? Excusé mois, je m´appelle Bringer aussi, et je viens d´ Allemagne." Wer war Jean Bringer? Ich heiße auch Bringer, komme aus Deutschland.

Er guckt streng, als wollte er mich prüfen: „Bränjjee?" „Oui Monsieur, voici mon passeport." Er zieht die linke Augenbraue hoch. Sieht auf das Foto, in mein Gesicht. Den Namenseintrag, den Stempel der Behörde. Gibt mir den Pass zurück. Die Fältchen in seinen Augenwinkeln werden enger. Als müssten sie ein Lächeln unterdrücken. Angesichts einer so traurigen Angelegenheit: „Jean Bränjjee à été fusilé par les nazis. Pour avoire été membre de la resistance, Myriel. Als Mitglied der Widerstandsgruppe «Myriel» erschossen die Nazis ihn in Carcassonne. Nous l´ honorons avec une rue." Wir ehren ihn mit einer Straße."

„Impasse" korrigierte ich ihn. „Nous avons nommé cette impasse ainsi, parce que Jean Bringer y mourut. Er starb hier in dieser Sackgasse. Hob seine Stimme, grinste: „Mais il y à encore une Rue s´appelle Jean Bringer. Un kilomètre dans la cité nouvau." Gottseidank, es gibt noch eine Straße mit meinem Namen. In der Neustadt. Sie ist einen stolzen Kilometer lang.

Mehr war über den Bringer nicht zu erfahren. Kirche geschlossen. Taufbücher nicht aufzutreiben. Fuhren heim mit zwiespältigen Gefühlen. Erinnerte mich, Großmutter nannte man Henriette, meinen Vater Charlesmagne.

Mit einem knisteralten Eichenschrank erbte ich von Tante Eugenie drei Portraits von Hugenotten in ihrer typischen Kleidung. Frühes sechzehntes Jahrhundert. In Carcassonne und Albi war zu der Zeit ein Zentrum der Freikirchler. In den Religionskriegen verfolgt wegen ihres anderen Glaubens. Katholische Könige und Adelige ließen sie einkerkern oder gleich umbringen. Wenn sie sich nicht katholisch taufen ließen.

Viele flohen nach Preußen. Der König dort brauchte Siedler und Soldaten. Nach dem Edikt von Nantes unter König Henry IV kamen viele zurück. Hinterließen vielleicht Kinder. Also beschloss ich, die Sackgasse zu verdrängen. Freute mich über den Kilometer. Und gab mich der höchst angenehmen Vorstellung hin, französisches Blut in den Adern zu haben. Und einen Helden im Stammbuch.

Bin ich ein Franzose? Oder bin ich es nicht? Was ich sein möchte, sieht man mir an. Trage Bart und Baskenmütze. Und einen weiten Mantel. Verwende Wörter wie „Oui Monsieur", „merci Madame". Mit stolz geschwellter Brust: „Le monde est petit, et il n´y a que les montagnes, qui ne se rencontrent pas." Die Welt ist klein, und es sind nur die Berge, die sich nicht begegnen. Bin ich ein Franzose oder bin ich es nicht? Gut gelernt, flüstert mein Gewissen. Und lacht.

*R*eisen bildet, sagt man. Das klassische Reiseland europäischer Bildungsbürger ist Italien. Das Land, in dem die Zitronen blühen. So schwärmte der Dichter, vergessend, dass sie dort nicht Zitronen, sondern Limonen heißen. Die an der Amalfitana reifen groß mit wenig Säure. Wir haben hinein gebissen wie in eine

Orange. Schmeckten, ihre feine Säure hat etwas Süßes, Verführerisches. Zieht den Mund nicht zusammen. Erinnert an Sonne und liebe Worte: „Ti amo". Ich liebe Dich.

Gründe für Italienreisen gibt es viele. Schon im 17. und 18. Jahrhundert überfielen Antikensüchtige ganz Europas die Halbinsel. Liebevoll Stiefel genannt wegen ihrer unverwechselbaren Form. Das Kolosseum zu sehen, den Petersplatz. Michelangelos David und Grabmale der Medicis, Florenz. Donatellos bronzenen Götterboten in der Loggia dei Lanzi. Byzantinische Mosaiken in Ravenna. Das Castel del Monte des Staufenkaisers Friedrich II in Apulien. Etruskische Terrakotta-Skupturen in der Toskana und Latium. Den griechischen Concordia-Tempel in Agrigent, Sizilien.

Gemälde von Tizian, Leonardo da Vinci, Guido Reni. Fresken von Giotto. Das Teatro Olimpico oder die Villa Rotonda von Andrea Palladio in Vicenza. Und und und. Die Liste ließe sich fortsetzen. Hundert Seiten würden nicht reichen. Kein anderes Land Europas bietet so viel Kunst. Und alle Landschaften, die man sich vorstellen kann. Jeder Italienreisende kann von sich behaupten, Teilnehmer einer schönen Welt zu sein, die ihn und sein Selbstbild verändert hat.

So gesehen bin ich ein Bildungsbürger. Geübt, lateinische Majuskeln zu lesen. Aus Ferienerlebnissen und Kunstbüchern mir ein Bild zu machen. Die Quintessenz aus Goethes und Paul Klees Italienreisen für mich zu ziehen. War voller Pläne. Wo soll ich anfangen?

Rose machte alles ganz einfach. Zuerst zu den Leuten. Ans Meer. In die Trattorien. Sie zog mich nach Amalfi. Im ehemaligen Kloster «Luna Convento» hatte sie schon früher Ferien verbracht. Weiß gekälkt das hohe, gewölbte Zimmer – camera diciannove – neben dem Glockentürmchen. Hoch auf dem Felssporn. Tief unten blaute und schäumte das Meer. Sie war wie Kind im Haus. Bei Signora Barbero, der Hausherrin. Andrea, dem noblen Empfangschef und Salvatore, dem Kellner. Einem mit seltener Großzügigkeit ausgestatteten Menschenfreund.

Nach mehr als zweitausend Kilometern Autobahn und drei Zwischenstopps gleich zuhause. Signora Barbero nahm mich in ihre Arme, als sie Roses strahlende Augen sah. Was soll ich sagen? Wir schwammen ins Meer hinaus. Ließen die Sonne an unsere Leiber danach. Sie zu trocknen und zu bräunen. Das Mittagessen auf der Terrasse einfach. Büffel-Mozarella auf Limonenblättern. Weißer Wein inklusive Blick auf Motorjachten und Kormorane. Abends schlemmern bei «Da Gemma» Spaghetti alle Vongole.

Wir versuchten, nur Italienisch zu sprechen. Holperten, stolperten über Satzbau und Grammatik. Aber sie verstanden uns. Italiener lieben Menschen, die sich bemühen, einer der ihren zu sein. „Suo cappuccino è il ottimo della citá." Ihr Cappuccino ist der beste der Stadt. Salvatore verdrehte entzückt seine schwarzen Augen zum Himmel, ergriff spontan meine Hand und küsste sie. „Grazie. Molto grazie dottore Otto."

Kunst war Nebensache beim ersten Amalfi-Besuch. Später genossen wir die Sommerkonzerte in Ravello, unweit von Amalfi. Bestaunten im tausendjährigen Dom die marmorweiße Kanzel mit ihren byzantinischen Mosaiken auf gedrehten Säulen. Entdeckten unter Moos im Garten der Villa Cimbrone Steinplatten mit römischem Arkantusmotiv. Versuchten uns vorzustellen, wie Kaiser Hadrians Villa in Tivoli beschaffen war. Sie war groß wie eine Stadt. Eine gerundete Säulenreihe animierte uns, den Tempel in Gedanken zu ergänzen, schön.

Das unbehauste Castel del Monte in Apulien erinnerte an den großen Staufenkaiser Friedrich II. Man nannte ihn den wunderbaren Verwandler der Welt. Lucca, die alte Seidenstadt faszinierte uns. Padua mit seiner unvergleichlichen Cappella Scrovegni. Giotto hatte sie vollständig ausgemalt mit realistischen Szenen aus dem Leben Jesu. Ravennas Kirchen mit Mosaiken, die uns den Atem verschlugen. Siena, wo wir einen Palio erlebten. Drei Galopprunden auf der Piazza del Campo. Das härteste Pferderennen der Welt. In Neapel Alexander den Großen gesehen. Gepuzzelt aus Tausenden kleiner farbiger Steinchen im fast erhaltenen Mosaik. Pisas schiefer Turm stand immer noch schief. Sechsmal Venedig waren nicht genug.

Ich müsste tausend Seiten schreiben, um alles zu erzählen, was wir erlebten. Hohe Kultur und Menschen. Italienerinnen und Italiener. Junge, alte. Kinder. Nicht wenige von ihnen wurden Freunde.

Nicht nur im «Luna Convento» waren wir Mitglied der Familie. In vielen Provinzen erlebten wir Ähnliches. Bei einem Zwischenstopp am Lago Bolsena wollten wir essen. Es war acht Uhr Dämmerung, als wir ankamen. Die richtige Zeit. „Oh non è possibile, nicht möglich, sagte der Empfangschef. „Abbiamo battesimo, grande famiglia con tutti on amici." Wir haben eine Tauffeier mit großer Familie und vielen Freunden. Was tun? Wir hatten Hunger und mussten etwas essen. Rose schnell: „Domandi al nonno, per piacere." Fragen Sie den Großvater, bitte. Rose wusste, Großväter haben das Sagen in allen Familien.

Nicht lange, der alte Mann kam uns entgegen, das Baby auf dem Arm. Stolz wie nur ein italienischer Großvater stolz sein kann: „Benvenuto amici tedeschi". Willkommen deutsche Freunde. „Questo è mio nipote, il mio caro piccolo. Oggi battezato. Il nome è Giulio. Voi siete i miei ospiti, accommodatevi prego." Das ist mein Enkel, mein liebster Kleiner. Heute getauft, sein Name ist Giulio. Seien Sie meine Gäste und nehmen Sie Platz, bitte.

Im „PRIMO", einer Trattoria in Freiburg, wo wir seit 2007 wohnen, gehöre ich jetzt genauso zur Familie. Italienisch die Sprache des Hauses. Mama Antonella am Kochherd, Alfredo am Pizzaofen, Giuseppe in der Spülküche, Angela, studierte Anglistin, an den Gästetischen. Sie arbeitet im Service lieber als in Seminaren. Hier ist ihre Familie. Das hübsche Kind kommt aus Sizilien. Wieselt und eilt von Küche an Tische, die Gäste haben Hunger und Durst. Das Essen muss heiß sein. Von wegen Italiener sind faul.

Ich fühle mich da wie zuhause. Als Italiener unter Italienern. Bei Mama Antonella, die den

Löffel schwingt. Fabrizio, dem römischen Besitzer, der unentwegt und lautstark seine Gerichte anpreist. Es sind originale Rezepte und frische Produkte aus Italien. Gemüse aus der Emiglia Romagna, Fische und Muscheln aus der Adria. Angela überprüfte und verbesserte die italienischen Dialoge in meinem Buch „Italien mit allen Sinnen". „Molto grazie, cara Angela." Rose konnte es nicht mehr erleben. Erst nach ihrem Tod suchte ich Orte, die mich an unser Italien erinnern.

Ich bin kein Italiener. Aber ich bin einer, der sich in einer multikulturellen Welt wohl fühlt. In den Armen einer italienischen Mama werde ich zu dem, der ich sein möchte.

*M*allorca war unsere isla d´amor, Liebesinsel. Chance, ein Liebender zu werden. Die Luft war warm, das Meer lud ein, hineinzuspringen, Boden zu verlieren und uns selbst. Im Wellenwogen liebten wir uns. Niemand außer uns am flachen Strand Es Trenc. Damals, als wir zum ersten Mal hinflogen. Kaum Touristen. Einer vergaß seinen Koffer, ließ ihn auf der Straße stehen. Im nächsten Jahr stand er noch an derselben Stelle. Nichts gestohlen. Maria Comestibles unsere tägliche Anlaufstelle. Zu kaufen, was wir brauchten. Maria hatte alles. Frisch geschlachtete Hühner. Treppenleitern, Kochtöpfe, Bananen, Granatäpfel, Hautcreme, Kerzen, Gebetbücher, Diario, die tägliche Zeitung. Gartenschläuche und Spaten. Brot, Butter, Wurst und Eier. Der kleine Laden vollgestopft bis unter die Decke, in die äußersten Ecken.

Als wir Anfang Januar dort einkauften, war es 18°C. Maria zitterte, schlug die Arme um sich: „Mucho frio", sehr kalt heute. Griff eine Kognakflasche, goss drei Gläser voll bis knapp unter den Rand: „Mucho frio, salud!" Und das morgens um Elf. Wir nippten, sörgelten langsam, als verlöre Alkohol so seine Wirkung. Gingen herum, guckten. Maria hatte derweil das zweite Glas hinunter gekippt. Wir wurden gute Kunden im Laufe der Jahre. Kauften auch Kognak Carlos I. Tranken ein Glas nach dem Essen zu einer Tasse Café solo. Den schwärzesten, den es gibt.

*N*ico, Besitzer des Restaurants in der Lloncha von Colonia de San Jordi, hatte sich in Rose verguckt. Wir aßen gelegentlich dort frisch geangelten Caproche. Eine Art Drachenkopf mit festem, wohlschmeckendem Fleisch. Zweimal hatten wir das Glück, eine seltene Languste zu genießen. Einmal pur mit Majonaise. Das andere Mal in der Pfanne mit anderen Krustentieren, Garneelen, Gambas, Muscheln in chilischarfer Tomatensoße. Zarzuela nennt man das edle Gericht. Wir genossen und lobten über alle Maßen. Den Inhalt der Pfanne und Maria, die katalanische Köchin, Nicos Frau.

Mit der Zeit wurden wir Freunde. Touristen guckten erstaunt, wenn wir mit den Spaniern scherzten und lachten, lachten, dass die Wände wackelten. Es schien, sie blieben jenseits eines Zauns, der unser kleines Paradies vor fremden Invasionen schützte. Eines Sommers: „Invito ustede a Silvester". Nico, guter Stimmung, lud uns zu Silvester ein. In seiner Lloncha mit Einheimischen das neue Jahr feiern. Spontan sagten wir zu. Stolz, von den Einheimischen ernst genommen zu werden. Einer von ihnen zu sein. Es werden Fischer, Netzeflicker, Bäcker, Friseure, Maurer und ihre Frauen sein. Einfache Leute dachten es, Menschen wie wir.

Fünf Monate noch, unsere Sprachkenntnisse zu verbessern. Wir belegten einen Kurs. Am 20. Dezember flogen wir ab nach Palma de Mallorca. Jeans und Pullover im Gepäck, sonst nichts. Einfache Leute werden sich einen Schlips umbinden, eine Halskette anlegen und einfach da sein, so wie sie sind. Hoppla, falsch gedacht. Kaum in Nicos Restaurante duftete uns eine Wolke Chanel No5 entgegen. Männer in dunklen Anzügen. Ihre Frauen elegant wie Models. Seidenschal umgeschlungen. Goldene Ketten mehrfach um den Hals gelegt, Perlenschnüre. An jeder Hand 3 Ringe mindestens. Wir im Pullover. Klinke in der Hand, wollten verschwinden. „Hola, aquí quedar!" Nico bremste uns. Hier geblieben!

Es wurde eine wunderbare Silvesternacht. Jeder redete mit jedem. Unser Gegenüber lächelte Verzeihung, wenn wir auf Spanisch fragten statt Mallorquin. Fielen uns um den Hals um Mitternacht: „Feliz año nuevo"! Glückliches Neues Jahr. Glücklich, wie schön zu hören. Viele Male. Wir waren angekommen auf der Insel. Fühlten uns wie Mallorquiner und waren es nicht. Touristen schon gar nicht. Wer denn? In den Jahren danach begrüßten sie uns wie alte Bekannte. Wie ihresgleichen. Unser Spanisch wurde besser. Mit Anklängen ans Mallorquinische. Unsere Küche auch.

Kochten zuhause Arozze-Marinera. Fischsuppe mit Gambas, Muscheln, Tintenfischen, Kräutern und viel, viel Reis. Backten Tortilla di Gambas, Pfannkuchen mit Schwänzen von Krustentierchen. Einen Honigmandelkuchen.

Mit Produkten, die wir bei unserem Fischhändler kaufen konnten. Oder uns aus Mallorca schicken ließen. Träumten uns an den Strand der Cala Mondrago. Fernweh – oder war es Heimweh- quälte uns. Hatten sich unsere Gene verändert? Sind wir Insulaner geworden? Wir wünschten es. Und waren glücklich, es wünschen zu können. An einzelnen Tagen. In seltenen Augenblicken.

Nach Roses Tod bin ich wieder auf Mallorca. Rede mit Freunden Spanisch, vermischt mit Mallorquin. Von alten Zeiten und der schönen Frau an meiner Seite. Nico und seine Frau Maria laden mich ein zu Zarzuela und dunkelrotem Anima negra. Roses Lieblingsgericht und Lieblingswein. Sie fehlt mir, fehlt mir sehr. Salud mi cariñosa Rosa. Spüre, allein bin ich. Mit mir und meinen Fantasien. Mallorca macht mir klar. Lebe auf einer Insel, die ich selber bin.

*D*enke weiter. Wenn ich eine Insel bin, umgibt mich Meer. Unbekanntes Meer aus ungeliebten, fremden Leuten, die sich für meine Bilder und Bücher offensichtlich nicht interessieren. Am allerwenigsten für mich als Zeitgenossen und Menschen. Ziehe die Konsequenzen.

Bleibe ein Hieronymus im Gehäus. Beobachte durch mein Fenster den Himmel. Der mal dunkel, mal heller ist, wie mein Verstand. Aber mit schöner Regelmäßigkeit jeden Morgen Licht in meine Kammer schickt. Hoffe auf Erleuchtung. Beschäftige mich jetzt mit mir selber. Wie immer schon. Mit dem, was mich interessiert, umtreibt, weiterbringt. Spontan, ohne zu fragen, ob es anderen recht ist. Rose stört es nicht mehr. Die Töchter nicht und die Mitarbeiter.

Ich nahm ihre Rücksicht zur Kenntnis wie ein selbstverständliches Geschenk. Als wäre ich ein Gott, dem andere ein Opfer zu bringen haben. Dachte nicht daran, auf ihre Gefühle Rücksicht zu nehmen. Wenigstens einen Anfang zu machen. Ich bin der Mittelpunkt der Welt. Sagte es nicht. Handelte aber, als ob. Von Leuten um mich herum erwartete ich, dass sie mich wahrnehmen, Anerkennung zollen. Zu Gegenleistungen nur bereit, wenn ich in guter Stimmung war. Alles das nicht mehr. Bin ich jetzt ein Nemo? Niemand?

Nein, ich bin ein Insulaner. Durch Charakter, Einbildung und den entschiedenen Willen. Gefesselt an ein selbst gewähltes Eiland, das jetzt die Mitte der Welt ist. Drehe mich um mich selbst. Krieche in mich hinein. Beiße mich durch meinen Charakter, um herauszufinden, ob außer dem Ego noch anderes in mir steckt. Schreibe alles auf, damit ich spüre, es gibt mich noch. Mit allem, was mein Leben ausmacht.

Schreibe ein Buch nach dem anderen. Oft spielt Rose die Hauptrolle. Neu gedacht, anders gesehen. Rose, wie zu Lebzeiten, nie versiegender Quell. Nicht auszudenken, ewig zu leben.

Was kümmert mich also die Welt. Und doch, ich brauche sie. Mich zu spüren, zu schmecken, zu fühlen. Brauche das Feedback anderer. Um mich zu vergewissern. Bin ich einer, der schon bei sich angekommen ist? Oder treibe ich neben sieben Milliarden anderer Inseln im unendlichen Ozean. Um mich herum wogt und brüllt die Menschheit. Höre es nicht, wenn ich die Hörmaschinen ausschalte. Und das soziale Gewissen. Schreibe einfach. Optimistisch wie ich bin. Schreibe so lange, bis mir nichts mehr einfällt. Oder Freund Computer mich im Stich lässt. Bis dahin hoffe ich den zu entdecken, von dem ich träume. Solange Gott – der möglicherweise ist, der er ist – mich träumen lässt. Wer bin ich eigentlich? Sag mir´s, Herrgott nochmal.

*E*ine Antwort fällt mir ein. Jetzt schon. Bevor sie wie ein Stern vom Himmel fällt. Eine, die

logisch erscheint. Nach all meinen Denkübun-
gen und Interpretationen der menschlichen
Natur, also auch meiner. Menschen sind leben-
dige Wesen. Heißt mal so, mal so. Aus den
Gründen, die ich schilderte. Folglich ist auch
mein Ego wechselhaft wie das Wetter. Mein
Alter Ego ebenso. Mal sonnig, mal regnerisch.
Laut wie ein Sturmwind, still wie der Schnee.
Plötzlich wie ein Blitz. Unvorhersehbar.

Ich will genauer sein: Bin von allem etwas. In
jedem Augenblick ein anderer. Jedes Mal, wenn
mir etwas gelungen ist. Ein Portrait meiner Rose. Der Satz einer Mozart-Sonate auf dem Klavier. Das Titelthema eines neuen Buches. Das
richtige Wort, einen Gedanken auszudrücken,
ein Gefühl. Ein Lächeln im Gesicht des Gegenüber. Jedes Mal, wenn etwas schief gelaufen ist.
Traurigkeit nicht weichen will. Meine Lust über-
schäumt. Jeder aller Augenblicke – bin ich.

Über den Autor

Otto W. Bringer, 89, vielseitig begabter Autor. Malt, bildhauert, fotografiert, spielt Klavier und schreibt, schreibt. War im Brotberuf Inhaber einer Agentur für Kommunikation. Dozierte an der Akademie für  Marketing-Kommunikation in Köln.

Freie Stunden genutzt, das Leben in Verse zu gießen.

Mit 80 pensioniert und begonnen Prosa zu schreiben. Sein Schreibstil ist narrativ, „ich erzähle" sagt er. Seine Themen sind die Liebe, alles Schöne dieser Welt. Aber auch der Tod seiner Frau. Bruderkrieg in Palästina. Werteverfall in der Gesellschaft. Die Vergänglichkeit aller Dinge, die wir lieben. Die zwei Seelen in seiner Brust.

Weitere Bücher von Otto W. Bringer

"**ROSE LEBT**": Wieder auferstanden in diesem Buch. Lebendig in Bildern und Liebesbriefen an die Verstorbene.
Taschenbuch mit 230 Seiten und 15 Fotos

"**MALLORCA mit allen Sinnen**": Land und Leute kennen und lieben gelernt. Das Meer, die Buchten, in Finkas gewohnt und in Nobelhotels. Mit Einheimischen gefeiert.
Taschenbuch mit 212 Seiten und 21 Fotos, auch als ebook lieferbar

"**ITALIEN mit allen Sinnen**": Die Wiege abendländischer Kultur. Ziel ihrer Sehnsucht, Menschen kennenzulernen. Zu sehen, zu erleben, was Kunst ist. Einschließlich kulinarischer Genüsse.
Taschenbuch mit 242 Seiten und 21 Fotos, auch als ebook lieferbar

"**FRANKREICH mit allen Sinnen**": Nachbarland, in dem Geschichte lebendig ist. In römischen Theatern, Klöstern und Königsschlössern. Kultur eingeatmet, Geschichte hautnah erlebt. Sterneküche und Bistros genossen.
Taschenbuch mit 220 Seiten und 30 Fotos, auch als ebook lieferbar

"ZUHAUSE – Wo?" Autobiographie, eine lange, detailreiche Geschichte. Mit Niederlagen und Siegen. Überraschenden Höhepunkten und geplanten Erfolgen. Liebe und Tod die Eckpunkte allen Geschehens.
Taschenbuch mit 443 Seiten

"GESICHTER das Rätsel hinter den Fassaden" Alles hat ein Gesicht. Essays über Pharaos Goldmaske, Jesus von Nazareth, Karl der Große, Goethe, Adenauer, Marilyn Monroe u.a. Ein Hund, Landschaft, Städte und der Autor selbst im Spiegel. Findet er des Rätsels Lösung?
Taschenbuch mit 250 Seiten und 18 Abb., auch als ebook lieferbar

"AUGE um AUGE": Roman über den Konflikt zwischen Juden und Palästinensern. Politische und gesellschaftliche Probleme. Ein Mann und zwei Frauen darin verwickelt. Eine von ihnen ist Jüdin. Engagiert mit ihrem Freund für Versöhnung. Sie lernen sich kennen und das Drama nimmt seinen Verlauf. Tote auf allen Seiten. Ein Mann, eine Frau bleiben und ein dreijähriges Kind.
Taschenbuch und Hardcover mit 286 Seiten, auch als ebook lieferbar

"PORCUS – das charakterlose Schwein"
Fast ein Krimi. Lebenslauf von Gymnasiasten, die sich mit lateinischem Namen ansprechen. Porcus einer, der sie verpetzte, als sie in der Pause mit Mädchen schmusten. Später versuchte er einen von ihnen zu töten. Was ihm nach vielen schlimmen Ereignissen zum Schluss auch gelang. Weil er einen schlechten Charakter hatte?
Taschenbuch und Hardcover, 224 Seiten, auch als ebook lieferbar

"Das Rätsel Frau" – aus der Sicht des Mannes. Weil sie anders ist. Nicht nur anders aussieht, sondern vor allem anders denkt, fühlt, reagiert und entscheidet.
Taschenbuch und Hardcover mit 144 Seiten, auch als ebook lieferbar

"Fräulein QUAKIS Versuche ein Mensch zu werden". Geschichte einer Freundschaft zwischen einem kleinen Mädchen und einem Froschfräulein. Was so hoffnungsvoll begann, endet in einem Desaster. Alle Versuche Deutsch zu lernen scheitern. Wundermittel, Wallfahrten und Gentransplantion bleiben erfolglos. Sie bleibt ein Frosch. Und endet nicht wie der Frosch in Grimms Märchen.
Taschenbuch und Hardcover mit 104 Seiten, auch als ebook lieferbar

"Adieu – Nichts bleibt …"

Jeder weiß, dass Abschiednehmen zum Leben gehört. Sich trennen müssen von dem, was wir lieben, gewohnt sind. Wir verdrängen den Gedanken daran, aber es hilft uns nicht. Leben heißt sich verändern. Kommen und gehen wie Frühling, Sommer, Herbst und Winter. Wachsen und reifen und sterben. Sonst wäre es nicht lebendig, sondern tot.

In 38 Kurzgeschichten erzählt der Autor, wie er selbst und viele andere dieses ständige Abschiednehmen erlebten. Besser gesagt überlebten. Jedes Mal tieftraurig danach, gefasst oder reifer geworden in Einsicht und Charakter. Entschlossen Neues zu beginnen oder es hinzunehmen wie ein unvermeidliches Schicksal.

Taschenbuch und Hardcover, 187 Seiten, auch als ebook lieferbar

"Mann Gottes" Der Mann Theologe und Dozent an einer katholischen Akademie. Die Frau heimgekehrte Russlanddeutsche, verheiratet. Sie verlieben sich, begehren einander. Probleme bleiben nicht aus. Innere Zweifel, äußere Zwänge führen zu einem Fiasko.

Taschenbuch und Hardcover, 224 Seiten, auch als ebook lieferbar

Methusalem – nur eine Redensart? Leben und Überleben das Thema dieses Buches. Jeanne Louise Calment wurde 122 Jahre alt. Methusalem 948, wenn man der Bibel glaubt. Lange leben auch Religionsstifter, Erfinder, Vorbilder. Solange sie unsere Gedanken bewegen. Wir ihre Erfindungen nutzen. Ihrem Beispiel folgen. Die Geschichte der Menschheit ist voll von ihnen. Taschenbuch und Hardcover, 264 Seiten, auch als ebook lieferbar

Zeitfracht Medien GmbH
Ferdinand-Jühlke-Straße 7
99095 Erfurt, Deutschland
produktsicherheit@kolibri360.de